U0916952

名家少年说

高洪波／著

二十一世纪出版社集团
21st Century Publishing Group
21

图书在版编目（CIP）数据

名家少年说之高洪波 / 高洪波著 . -- 南昌 : 二十一世纪出版社集团 , 2016.4

ISBN 978-7-5568-1738-2

Ⅰ . ①名… Ⅱ . ①高… Ⅲ . ①散文集 – 中国 – 当代
Ⅳ . ① I267

中国版本图书馆 CIP 数据核字 (2016) 第 069081 号

名家少年说之高洪波　　高洪波 / 著

策　　划　张　明
责任编辑　张　宇
出版发行　二十一世纪出版社集团（江西省南昌市子安路 75 号　330009）
　　　　　www.21cccc.com　cc21@163.net
出 版 人　张秋林
经　　销　新华书店
印　　刷　廊坊市瑞德印刷有限公司
版　　次　2016 年 5 月第 1 版　2016 年 5 月第 1 次印刷
开　　本　660 × 960mm　1/16
印　　张　15
字　　数　175 千
书　　号　ISBN 978-7-5568-1738-2
定　　价　25.00 元

赣版权登字—04—2016—199

代　序

偶然的风景

谁说过一句话：生活中不是缺少美，而是缺少发现。这话的确有道理，美学上的道理。

美是什么？古老的、至今难以破译的密码；人人心中有、个个笔下无的谜语；只可意会不可言传的一种奇妙的感觉；如果让我再说得具体点，便是本文的题目——偶然的风景。

偶然地、不经意地一眼望去，本来视线落处可能茫然，像一枚石子抛入大海，溅不起一点脑海波澜；本来你已进入心灵休眠状态，眼睛的张望纯属是下意识的行为——且慢，有偶然的风景出现，你会猛然震悚、惊讶，进而惊喜、惊异，或许还惊诧。

譬如，我愿意用“譬如”这个词，因为它显得平易近人，比“好似”、“犹如”、“如同”等词语更具有平等意识，这只是我操作文字时的一种个人感觉。譬如你漫步在秋天的公园，金风乍起，落叶已接受了大地的感召，纷纷投向她的怀抱，你举目望去，无尽苍凉。但是你拐一个弯儿，刚刚走出两步，眼前矗立着一株结满红柿子的美丽的树。红柿子衬以秋空湛蓝湛蓝的背景，一枚枚透出甜蜜，透着红润，在秋风里摆动出灿烂的诱惑。你会发现这分明是一支燃烧的火把，点燃你已消退的激情，秋天的萧瑟和感伤也自然被这一树火苗驱赶殆尽。你在柿树下驻足不前，发现这次偶然相逢足够你在每一个秋天里受用无穷。

譬如，譬如你在十三层的楼房里读一本闲书，外面突起风雨，将一扇窗户击打得震耳欲聋。你愤愤地扔下书，起身去关窗。这时你会看到窗外蜷缩着一只黑色的雨燕，它被无情的风雨击落,成为一个无助的小可怜,昔日翱翔天宇的翅膀淋个精湿，目光里满是凄楚与恐慌。于是你轻轻打开纱窗，把小雨燕捉住，关好窗户，开灯、找块毛巾替它拭干身子。你会发现雨燕的小心脏突突地跳，贴近你的手心，跳得人惊心动魄。你突然会有一种不知所措的狼狈，借助风雨完成的这种救护，天知道是否出自雨燕的本意？！

雨过天霁，你松一口气，走上阳台，打门窗户，托起小客人向天空一送，雨燕便振翅而逝，连一个回旋都不曾有。仿佛适才的邂逅是一个美丽的童话,手心里却留有一种奇异的感触：小心脏突突跳动的撞击感。

譬如，再譬如你漫步街头，看一个盲乐师吹笛，匆匆走过一个小男孩，羞怯地向盲人面前的帽子里扔下一枚钱币，又逃跑一样地走掉；你家的小胡同里常来爆米花的小伙子，在爆响米花前挺直腰板，甩一甩额头的汗珠，然后“砰”的一声将白且香的米花释放出来，倾倒入一个小女孩的绿色的塑料盆里；一个父亲教女儿骑自行车；拎着四只鸟笼子的白胡子老头；守着西瓜摊席地大睡的卖瓜青年；以及你不经意中所扫描到的各种偶然的风景，其实都印在你心灵的底片上。岁月将它们一一冲洗、放大，便都呈现出美的色泽。

偶然的风景，属于一切关注它的人们，只要你善于并乐于去发现。愿你我常拥有。

高洪波

CONTENTS
目　录

旅行印象

游记咏怀

生活随想

旅行印象

我酷爱郊游。我曾登香山，雨中游那气煞豪杰的“鬼见愁”，从中觅得一种进取的乐趣；

也曾在春寒料峭中步上八达岭，在古长城的箭楼上观赏那塞外逼人的寒色，遥想当年戍边士卒的艰辛，从这瞻望中拾取几星历史的遐思。

青云谱散记

到得南昌，首要的一件事是找青云谱。

青云谱，顾名思义是一份族谱，可它偏偏又是地名。八大山人的故居。

八大山人，名声显赫。此人名朱耷，系朱元璋十六子的九世孙。十九岁上，朱耷赶上国破家败，山河依旧而江山易主，于是愤而出家为僧为道，拿出家遁世来避开人生避不开的干系。

这些掌故，美术界是尽人皆知。我还知道，八大山人所绘之画笔墨酣畅，挥洒自如，山石树木常漆黑一团，任你揣摩；飞禽走兽又白眼向天，一派愤世不平之气。故日本人称他为“现代派”之开山祖师。

平生首次到南昌，对这样一位奇人焉能不访？青云谱位于南昌远郊。近得故居前，才猛然发现青云谱又有两个名称：一曰“青云圃”，二曰“青云浦”。“圃”者，大概指的是此地树木蓊郁吧！别的暂且不提，进圃便见到金银二色的桂花树迎迓游人，放出挥之不去依依可人的浓郁芳香。那香气透脑沁脾，让你产生一种微醺的醉意。而另一个“浦”字，可能由于门前水塘所致。这水塘正值秋水清澈的季节，蓝天白云大无畏地投诸怀抱中，又一丝不走样地浮出来，妙极！

然而那门匾之上，大书“青云谱”三字，姑且以此“谱”为准。况且“谱”者志也，大有褒扬凤子龙孙朱耷不肯俯首称臣于异族之意，不称此名，恐八大山人不满，会在九泉下皱眉头。

青云谱内，与一般宅院无大异处。所不同者，是辟出了几栋空屋为展厅（也正在修整之中），朱耷及其弟子们的真迹悬挂了许多幅。诚如所传，八大山人之画，波谲云诡，愤懑之气在构图布局中隐隐透出。苍鹭也罢，雏鸡也罢，昏鸦也罢，秃鹰更甭说了，全斜睖着眼，怒目苍天，恨不得突出长喙把老天啄一个窟窿才快意！才解气！

这里说的是活物。

死物呢，远山也好，近石也好，崖树也好，乌乌涂涂，黑得怪异，黑得吓人，却又黑得别致有趣。在朱耷笔下，你不得不信“墨分五色”之说。

顶有趣的还是这老先生的题款签名。“八大山人”均写成“哭之笑之”的字样，一哭一笑中，蕴涵了画家多少悲辛酸楚！

赏完八大山人的真迹，信步走出，沿一甬道，便可抵达他的墓前。这甬道呈绿色，凉爽可人，细辨方知全为碧绿色的水竹纠缠而成。行人至此，心神为之一爽，误以为到了洞天府地。

八大山人墓畔，有一株万历年间植下的古樟树。

这樟树高入云天，如虬龙腾空般拔地而起，却又伸出一枝大杈，平平地探到八大山人墓顶，像一只虬龙的巨爪，护住了坟茔。等闲风雨是湿不了坟头一株小草的。

既然樟树植于万历年间，显然树龄高于朱耷的年龄。如此说来，许是朱耷临终前便择好了这株古樟，期待它能庇护自己的阴宅不受风雨侵袭吧？我这样琢磨着。

作为“龙种”的朱耷，鲜为世人所知；但作为画家的八大山人，却无人不知，无人不赞。青云谱因八大山人的画而名扬海内外，八大山人又因青云谱的存在而给后人以直观感受，从嗅觉、味觉、视觉以至于听觉、触觉，无一不备。

真不知道当年十九岁的王子朱耷毁家亡命之时是怎么想的。

幸与不幸，朽与不朽，竟这么奇怪地交汇组合着，于是，告别青云谱（圃、浦），我禁不住沉吟起来。多亏秋热，日头毒，又戴得墨镜，否则友人没准看出我也在效法八大山人笔下的飞禽，翻出白眼来，该有多吓人！

> 2010年3月“走进红色岁月”，在江西白鹭与孩子们在一起

龙宫神游

北京顶著名的一处所在，是十三陵。一群龙子龙孙相中了这块风水宝地，一睡下去再不肯起身。

于是，给旅游者们平添了许多思古之幽情。

“大跃进”时，十三陵借着兴修水利，又风光了一阵。北京缺水，傍着龙子龙孙的寝宫，修成了一座水库。而修水库时又因为党和国家领导人到工地劳动，使文人雅士们兴奋不已、感慨不已，遂有多部歌颂十三陵水库的作品名世，顶有名的大概是《十三陵水库畅想曲》了。然而由于水库底部的土壤结构有问题，存不住水，所以三十年来它一直是一座“干库”，徒然引发着人们的感叹。

十三陵水库静静地躺了三十年，是谓“人到中年”。本以为“人到中年万事休”，不料想旅游事业的发展使它焕发了青春的面容。这证据就是正在兴建中的九龙游乐场。

不久前的一天，我同几位朋友乘着北京市水利局的一辆面包车，沿京密运河一路走下去，先看卢沟桥外的永定河大坝，再看水利局所属的一家名曰“未名山庄”的高级宾馆。到得下午，参观完高大的斜拉渡槽工程，主人突然提议去看十三陵水库。车子在平坦的马路上驰骋，主人抓紧时间介绍水利局的诸般变化和设想。话题很多，谈京密运河的养鱼业如何发达，谈“未名山庄”的经营管理如何摸索，谈水利大军的艰苦创业、水库工人的寂寞与奉献。对于从未接触过水利工作者的我来说，委实新鲜有趣。

顶有趣的不是这些，而是即将参观的十三陵水库。因为据主人介绍，这水库如今正动工修建一座绝妙的所在——北京九龙游乐园。基础工程已经完毕，目前正加班加点地突击，争取在龙年的国庆节时，能同广大游人见面。

再追问游乐园的构思设想，主人不肯多谈，不透露游乐场建在水底的秘密，留下大片空白让我们自己去猜测遐想，真是个聪明的导游！

傍晚时分，到了十三陵水库，先参观基础工程。工地浸透了冬日的暮色，迷迷茫茫，偶或有灯火在前方闪动，大概是值班人员的手电筒。巨大的基座已浇筑就绪，向前延伸成一条通道，以后这通道将被碧波掩映，成为独具一格的水底世界。

匆忙间看不出端倪，便告别了工地。车子驶向九龙游乐园的工程筹建处，即十三陵水库的办公地点。我们被引向二楼会议室，在这里聆听并目睹了未来龙宫的风姿，实在心旷神怡。先是看巨幅彩色照片，上面有虾兵蟹将、龟相鲨帅和龙女蚌妹的造型，届时它们将被电脑操纵，成为龙宫的东道主。继而聆听主任工程师的介绍，他娓娓道出的龙宫盛况，让人浮想联翩。这游乐场分成九个厅，前五厅系对海底自然景观的模拟，分为“碧海下潜”、“浅海奇观”、“珊瑚丛林”、“深海奥秘”和“海底历险”五部分。游客从地面步入龙宫，渐渐会嗅到海腥味，看到珊瑚和海草。随着游览车的前进，还可看到海底沉船、火山爆发，甚至能近距离地观察章鱼同鲨鱼的殊死搏斗。没准儿你本人会被鲨鱼一口吞掉，不过别怕，一切全是电脑操纵，有惊无险！

经历了深海历险，便进入到神话世界了。这是真正意义上的龙宫，分为四个厅：一是用珍珠和灯光打成水帘且有美人鱼迎迓游客的“水帘仙境”；二是虾兵蟹将持戟列队凭您检阅的“水族迎客”；三是由龙女在水晶门里跳迪斯科舞的“水晶世界”；最后是“龙宫宝殿”，压轴戏要在这里演出。这一场景极宏伟，九条巨龙献艺，龙王作壁上观。九龙中有四龙戏珠，一龙吐水，一龙喷火，两条龙守在龙王旁边，临了再出现一条龙与游客道别。绝妙的是龙王会变脸，他看到儿子们的精彩表演后纵声一笑，老翁的脸马上化为老龙的脸。据说仅这个“变脸”，电脑要设计三十七个程序。

工程师讲得绘声绘色，我们听得如醉如痴。半个小时光景，竟提前神游了一番十三陵龙宫。再问一下合资者，说是与日本人合办，人物动作设计则请美国迪斯尼公司出面，但有个要求：完完全全地地道道的中国风格、民族化。

今年是龙年，十三陵水库将拥有一座独一无二的“龙宫”，届时定会形成一股巨大的龙宫游览热潮的。作为龙的传人，我觉得这意义尤其深远。

不过，这可不是什么“畅想曲”，不信，就请你到十三陵水库走一遭。

阿庐古洞

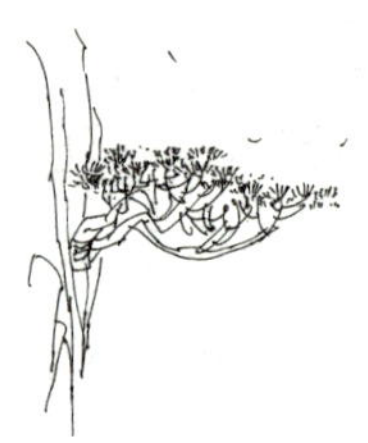

阿庐古洞在云南泸西，我在从军时曾住过泸西，好像住了两天，印象中泸西有一所很大的中学，中学里有一幢二层木楼，楼上是图书馆。印象中，又是印象中，那图书馆在20世纪70年代初是封闭着的，有许多封存得不太严密的图书，而且我和现在的名导演、当时的调皮士兵陈凯歌一道悄悄钻入空旷的图书馆，想寻觅几本好看的“禁书”。记得是一个暮色苍茫几近昏暗的傍晚，我们轻轻走进木楼，楼古旧得让人想起《聊斋》中的环境，有些令人头皮发紧，我们的脚把楼板踩得“吱吱”作响，举目四望，昏暗中看不出封存的那批图书藏在什么地方，反感到一股寒意从脚心涌起。

多亏青年军人的阳气盛，否则我相信自己会很丢脸地逃跑出来。

在泸西小住两日，当地政府极重视拥军工作，动员不少女子为我们洗军衣，这是一群极真诚热情的女孩子，四处搜寻我们换下的军衣军鞋直至并不需要清洗的军被，她们蹲在一条小河旁洗刷着争夺来的“战利品”，小河的水很急，一不小心就冲走了点什么。我记得自己的一只胶鞋就是这样失踪的——这是拥军姑娘们不经意犯下的过失，只能一笑了之。但泸西人的确热情好客。部队撤离时他们夹道欢送，敲锣打鼓，锣鼓点儿敲打在青年军人的心头，酸酸的，很有几分惆怅。

阿庐古洞在当时没人提起过，否则我想自己一定不会去与凯歌钻什么图书馆，宁可去洞中探险。

云南的山洞很多，大多数的山洞都很谦虚地隐身在大山的怀抱中，山洞几乎构成了云南又一种地域特色，因为云南是喀斯特地貌，这种地貌专门盛产溶洞。

我记得军营附近有一座山洞，1971 年 9 月的一天，具体点说是林彪在蒙古温都尔汗摔死之后的第二天，我们一个团的兵力撤出军营住进山洞，这山洞比我们的大礼堂还高阔，洞内曲里拐弯，一个团住进去，不显山不显水，没人能看出里面藏着千军万马。即便你在洞内埋锅煮饭都成，洞太大，连炊烟都能消化。这洞叫芝云洞。

知道阿庐古洞已是 90 年代,从“滇军”老前辈、人称“冯霞客”的冯牧先生口中，知道了泸西有名洞，洞中美不胜收，他专程游洞，收获很大。听一听“阿庐古洞”四个字，就足以令人神往。让人想起远古，想起草庐，想起久远的先民与这“古洞”的相依为命的关系,我甚至联想到北京周口店那有名的“山顶洞人”。这“阿庐古洞”，比起七星岩、芦笛岩、善卷洞、燕子洞、云水洞直至齐天大圣的水帘洞而言，在我看来更有想象和联想的空间，少数民族特殊风情也尽在其中。

1996 年 7 月的某一天，我从北京飞昆明后，同一批作家前往阿庐古洞，作家中有一位特殊身份的人物，他是泸西姑爷，与阿庐古洞有着千丝万缕的联系，或者说他与泸西一往情深，泸西是他又一个故乡。此人名叫李迪，一位资深小说家，昔日我从军云南时的军旅伙伴。李迪参军最大的战利品是他的夫人小魏，都说云南姑娘带不走，这是我当时的军营中尽人皆知的一句话，而李迪偏偏就把云南姑娘带回了北方，泸西姑娘小魏，远嫁北京，一走就是二十载。

故而阿庐古洞之旅，对于李迪而言是省亲，对于我们则是一种有向导、有内应的游览，内心踏实得很。

阿庐古洞旁是阿庐大酒店，也就是我们留宿的一家很高级的宾馆所在，当地政府投巨资修建，够得上三星级以上。住定，一行人乘上马车向洞口出发，马蹄嗒嗒，回顾一下四周，尽是不甚高耸的绿色山峦，李迪顺手一指，说这山峦下面全是溶洞，空的。

来到阿庐古洞的洞口，依次进洞，洞果然高大，分为三组洞天府地景观，内中景物，初初与一般溶洞无异，借助灯光调节，或神仙，或动物，或植物，随导游小姐进行形象点拨，先入为主，无甚奇妙处。后来由旱洞进入水洞，从旋梯上俯瞰水洞泊船处，才忍不住惊叫一声："好深的大洞！"洞内隐藏一条宽阔的暗河，从旱洞到水洞，直直落差近百米，但却水旱相关联，洞尽头处，柳暗花明又一村。你仿佛不是在游洞，而像在重庆朝天门码头登船游江，暗河水清冽，在彩灯照耀下效果迷离恍惚，不知流向何处。因为平生首次游水洞，从船头向前望去，洞似乎越行越低，给人一种孤帆远影碧空尽的意象，到得峰回路转，便是又一处洞天。半个多小时的暗河行舟，桨声吱呀，水声汩汩，适才的暑热一扫而光，留下的是一种惊骇之余的满足。

登舟上岸时，望一眼高高的洞口，有一缕阳光深入，像教堂内的穹顶，给人温暖的启示。洞口设小卖部，内中出售各类纪念品，我无意中见到十分典型的云南化石“鹰嘴螺”，大大小小数十枚，不经意地堆放在一角，打听一下价格，十元一枚。马上挑选了几枚，兴冲冲买下这几亿年前阿庐古洞的化石主人,感到有鹰嘴螺的陪伴,也算不虚此行了。

傍晚,乘马车到泸西城内赴李迪的家宴,他年迈的岳母,望眼欲穿地等待北京姑爷领一批远方客人来吃饭。

泸西的饭菜,在我已是有二十多年未曾品尝,而泸西城的面貌,尤其是那所拥有图书馆的中学,不知有什么变化,我兴奋地寻思着。

结果很让人扫兴,我指的是自己觅旧的企图,一点也没有兑现。泸西已变得让我不可辨识,昔日驻过的地方,竟至于一点影子也寻找不到。惟有一条石板铺就的旧街,依稀感到曾踏过自己的足迹,那些热情的拥军姑娘们,就从这里欢送了我的队伍。路旁小铺里出售的糕点,似乎也曾填满过我的胃囊。别的印象,确确实实是淡远模糊成一团云影,可望而不可及了。

李迪岳母家的饭菜,摆满了院子,我们吃到了平生最美味可口的一顿滇味,象眼肉、凉米线、蒸排骨,检查一下舌头,还在,道一声惭愧,遂放肆地大嚼起来。

泸西的夜色,顿时飘起一股浓郁的芳香……

阿庐古洞,最美味的一道滇菜。

夜走芒市

已是午夜，芒市却醒着。

芒市非但醒着，而且精神抖擞。那芒锣与象脚鼓的共鸣似隐隐消失于大青树的树影里，余音却袅袅未尽，借泼水节后踢踢踏踏的人流传导着欢乐。人流密密地穿插成杂乱而有序的行列，成帮结群的姑娘与小伙子互相搭讪，脸上是红扑扑的欣喜，嘴上是甜蜜蜜的情话，他们站立在路旁，对人流的喧嚣充耳不闻，完全沉浸在别一种氛围里。

午夜芒市，灯光耀眼且无比辉煌，灯影里是商店、小吃摊和冷饮店。午夜芒市兴致勃勃地把尽情狂欢后的人们延揽入怀，给他们一缕温柔一杯清凉或一碗香甜。

午夜芒市很够味儿。

我们却感到一阵疲乏，奔波之后的疲乏。

都是为了冯牧与陆星儿的飞机票。为了冯牧能准时飞抵昆明，为了陆星儿正点返回上海，因此我们三人：北京作家李迪、云南女作家先燕云和我，有几分莽撞地受领了更改他们二人航班日期的任务，夜走芒市。

我们的第一个目标是寻找亲人解放军，直奔驻守芒市的武警大队，那大队长据说很热情很有办法。

我们三人踏入武警大队的一刹那，才感受到一种紧紧张张的气氛。大队长豪迈地走过来，又热烈地把我们介绍给他的参谋长，一位年轻沉稳的中校军官，随后神秘地告诉我们："今晚我要去指挥一场大仗，上万克的海洛因走私案，不能奉陪了。"大队长把秘密泄给我们，使我们三位"前军人"受宠若惊，当他闪电般的离去时，我才仔细打量起参谋长，感到似曾相识。

其实我们从不曾相识。但我们入伍时间在同一年，1969 年，这使我们之间很快产生了默契。中校手持步话机，极果断地要来一辆北京吉普，说咱们到飞机场走一遭，胡站长准有办法。

北京吉普风驰电掣般行驶在公路上，我看了一眼身旁的伙伴，发现李迪和先燕云眼里浮现出一种无可奈何的神色，他们不知道机场将以何种结果在等待我们。不过我能感到先燕云的开心和李迪的快活，因为乘军车兜风毕竟是桩极惬意的事。

机场到了。

胡站长先以声音待客，因为他正在内屋打电话，他让先到的一位客人搬出一个大西瓜；继而一个穿"笼吉"的中年汉子露面，黑且瘦的精悍模样，一副近视镜却掩去了他的豪爽。"哟，把我治病的西瓜全吃啦？我的病是上火，半吨瓜一个疗程。"胡站长先声夺人，极幽默地道出了开场白。

于是大乐。于是又搬出西瓜，吃。于是，在调侃中我们道出苦衷，请了不起的胡站长帮忙，一个小忙。胡站长瞄一眼中校参谋长，又盯住我，说道："泼水节期间机票太紧张，芒市一下子来了二十几位部长级干部，二百多司、局级官员，难。”怎么，要封口？我刚要继续阐述非改机票时间不可的重要意义，他一摆手，款款说道："你们真行，把参谋长的大驾都惊动了，把最后两张票调给冯老好了。”

人爽快，话干脆。不到半小时，办妥了更改机票的手续，兴冲冲地，参谋长把我们带回了芒市军营。

临分手时我问中校，可曾去过北京，他憨厚地摇摇头，说自己一入伍就在边疆部队，连昆明都很少去。

这是一个标准的军人。

我们又走在芒市街头。孔明灯此时正冉冉升起，把芒市的夜空点缀得星光灿烂；流行歌曲在高音喇叭的帮助下声声传来，是傣味十足的《渴望》主题歌，听起来很柔软很媚人。人们一股股地涌向广场狂欢，目标明确，也很模糊，给人一种走动游逛即是目的的印象。

街头有一个别致的小摊，摊上是形状不同的根雕盆景。我们一下子被吸引，先看到一盆根雕题为《深巷杏花》，下面几行小诗："晓来风，夜来雨，晚来烟／是他酿就春色，又断送流年。”不禁一愣！感到这摊主人修养不低，再往下细瞅，发现每盆根雕下都有清词丽句，比如“蝴蝶梦残滇海月，杜鹃啼破点苍春”；“君若到时秋已半，西风门巷柳潇潇”；由点题一诗句看根雕作品，十分妥帖。再比如“何处望归舟，夕阳楼上楼。凝恨对斜晖，忆君君不知”，根雕为一古装仕女侧影，惟妙惟肖，给芒市的夜平添了几许古典意蕴。

赶紧向店主人抬眼致意，一聊，才知面前这老者名叫张凤亭，吉林人，空军离休干部，平生嗜根雕如命，培养了一批弟子。再往深处聊，张凤亭从里屋柜子里一件件往外抱作品，说我要把不轻易示人的精品让你们欣赏！

于是我们伫立在街头，把张凤亭的秘不示人的根雕：策杖徐行的苏东坡，仰天长啸的岳飞，展翅长空的雄鹰——观赏。我们观赏根雕，根雕和一群游人也观赏我们。张凤亭依依不舍地与我们道别时，叹道："知音难觅，我这根雕摆在芒市街头，不少人以为是中草药，非找我治疗伤筋动骨的病，唉……"言语中似有无限感怀。

其实大可不必。

张凤亭的根雕名不见经传，他只是酷爱这门艺术，为了泼水节的欢乐才慨然摆摊，既不为名也不图利，因此他应该得到我们的深深的敬意。我在分手时很想告诉他这些由衷的话，一个踏入芒市之夜却获宝而归的外地客人的感想。然而我终于还是没有说出口，因为已没有必要，灯光下的根雕黑黝黝的，奇丽、雄美，它们自有灵性。

芒市之夜的确很美。

很美的芒市之夜我们只有机会体验一次，明天一早我们一行"红塔山笔会"的作家们就将踏上归程，奔向内地。

正因为短暂，美才焕发出格外的灿烂。质朴的芒市，质朴的芒市人，那不苟言笑的中校参谋长，那谈吐幽默的机场胡站长，那退休的飞行员、杰出的根雕艺术家张凤亭，在短暂的芒市之夜里给予我们无私而美妙的帮助，所以我们"充实得一塌糊涂"（先燕云语）。

看起来这一切都是冥冥中的安排。

陆星儿早已安全抵达上海，前几日打电话过来，说很感谢芒市之夜我们为她付出的奔波，并认为北方男人老实可靠够朋友。

其实真该感谢的是陆星儿，如果没有这场莽撞的奔波，我们又怎能享有一个奇异至极的芒市的夜？！

午夜芒市，大睁着迷离的眼。自此，将梦魂萦绕，直至再相逢。

黄河水

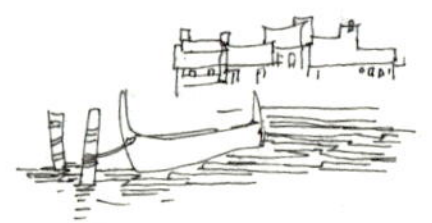

天下最有名的当数黄河水，“黄河之水天上来”，李白都佩服。黄河水如其名，可劲儿地黄，黄到一吨水最夸张时有九百公斤沙，据说人躺在水面上都沉不下去，这哪里还是水，整个一个泥石流嘛！

黄河水发源时并不黄，像人类的童年一样清纯、清澈、清亮，后来长大了，流经黄土高原。黄土黄沙黄尘掺和进水里，像私心杂念欲望一干杂物伴随一个人成长成熟一样，黄河的水想不黄那是断断不可能的。

黄水黄，黄水涨，黄水使黄河变得凶悍粗壮，黄水携黄沙，一路沉淀，沙水相依，水沙相长，到得河南地面年积月累的河床渐渐抬高，黄河变成“悬河”，最高处在新乡，黄河高出地面二十七米，“疑是银河落九天”，悬不悬？

黄河高傲地穿过中原大地，她曾在花园口为抗日战争尽过一次力，以水为兵，阻击嚣张的日寇三个月，可是我们也付出近九十万普通百姓的生命，九十万生灵伴随咆哮的黄河水，还有他们生长的家园、地里的庄稼，一起化为民族苦难伤痛弥之久远的记忆。

抗战八年，黄河改道八年。

抗日战争胜利，当时的执政党国民党政府又想起黄河水，想再次以水代兵，让黄河回归故道，理由充分，但背景却是内战在即，黄水回归一可切断中共占领的根据地，二可淹没大片解放区。于是，一个特殊的部门建成了：黄河水利委员会，简称“黄委会”，那是在1946年的春天，当时的称呼是“冀鲁豫黄河水利委员会”。从那以后，“人民治黄”的事业开始，三十八岁的北京大学法学院毕业生、“一二·九”学生运动的参加者王化云成为共和国第一代“河官”。

关于王化云，我曾为他写过一首小诗：“化云化风又化雨，化作根石护大堤。驻守黄河四十载，铁血人生铸传奇。”诗中的“根石”是黄河人的专用术语，是扎根在黄河大堤下的石头，深处在十几米；还有一种石叫“坦石”，铺在堤上的石头，此外黄河堤坝上有一垛垛的石方，黄河水利委员会副主任徐乘告诉我叫“备石”，时刻准备战洪峰的石头。

徐乘的近百岁的老父亲徐福龄先生是黄委会的老人，而他则与王化云共事过多年，王化云是他的父执辈，也是老领导，徐乘说起王化云故事多多，譬如建国后毛主席第一次出北京，去的就是河南开封，视察的就是黄河，也就是那一次视察黄河，浪漫的毛主席提出“骑马走黄河”的设想……在那次的会见时，毛主席拿王化云的名字开玩笑，让他半年化云、半年化雨。也就是那一次视察黄河，毛主席提出“南方水多，北方水少，如有可能，借一点来是可以的”，这就为当今的“南水北调”工程拿出了高瞻远瞩的基础性建议。

黄河水，流淌到今天，已不再是当年的模样，母亲河曾断流，差点变成“干娘”；黄河水成为宝贵资源，被流域所经的各省尽可能利用和消耗，所以管理黄河的黄委会，提出“三条黄河”的设想：即数字黄河、模型黄河和原型黄河。数字黄河指的是对黄河各闸口水流量的数字化管理；模型黄河指的是黄河水利科学院对黄河的模型试验，每次都可以测出准确的数据；原型黄河好理解，指的就是实实在在的黄河。我恍惚觉得黄河正在成为一门“黄河学”，“三条黄河”之外，你还可以设想到历史黄河、文化黄河、军事黄河、民俗黄河……

黄河水奔流到海的地方叫东营，胜利油田所在地，我们从东营溯河而上，东营的黄河水一点都不黄，清且宽阔的河面，旁边有大片的湿地，据说黄河每年可造湿地两万亩，因此东营市是不断扩张土地面积的城市。在湿地上我见到几百只大鸟，正在水泥电线杆上的巢中育雏，这大鸟长嘴白羽，形类仙鹤而非鹤，学名白鹳，飞姿典雅，在欧洲民俗中认定它是专送婴儿的使者，故名气极大。如今这候鸟因黄河湿地的挽留，竟索性变成了留鸟，永久居住下来，由此可见黄河水质及入海口生态的变化。

十年来由于小浪底水库的修建，黄河再没有断流，小浪底的调水调沙是极壮观的景致，水龙奔涌时声若巨雷，分成黑龙、黄龙和白龙，在空中交汇搏击，落地而泻，黑龙是黑沙，黄龙是黄水，白龙则是清流，调水调沙技术使水库大大减缓了淤积的程度，黄河的河床非但不再增高，反倒降低了许多，所以小浪底工程了不起。

徐乘缓缓地告诉我：王化云有句话是“小浪底不上马我死不瞑目”。也巧，就在小浪底工程开工不久的1993年，王化云因病去世，他的骨灰埋葬在邙山上，永远伴随着黄河的涛声，王化云走完化云化雨的一生。

黄河水养黄河人，走黄河，黄河的传说故事多，一条大河，无休止地流淌，我们知道的毕竟有限……王化云，仅只是黄河万千浪花中的一朵吧。

长江印象

儿时知道长江，先知道的是武汉长江大桥，那是苏联老大哥援建的项目，名气大得很。

但真正走过长江，则是在十三岁那年，随调往贵州工作的父亲迁徙，从故乡内蒙古的科尔沁草原出山海关，过北京，再经石家庄、郑州，一路往南，快到武汉时我激动异常，早早占定靠窗口的位置，不为别的，只为了看看长江和大桥。

车轮滚动，桥在我的身下震颤。龟山蛇山一团迷蒙，长江上的轮船与明灭的渔火让一个北方少年升腾起莫名的惆怅，“轰隆隆”车轮声中，长江留驻在我少年的梦幻里。人生的岁月一如飞奔的车轮，转眼间我已年近花甲，数十年中长江已走过多次，惟上个世纪1964年冬日的第一次印象鲜明。

说后来与长江的无数次亲近，确实如此。譬如告别云南军旅时我曾乘江轮从重庆到武汉，三天三夜的航行，看三峡的奇山异峰，兵书宝剑巫山神女，雨里雾里引人遐思，这都没什么，惟独船到武汉时江面上浮动着若干黑脊背，小潜艇般在水面上追逐撒欢，有人

高叫道 :“江猪，快看江猪！” 大家拥到甲板上，看那些长江精灵们快活地嬉戏,我粗略数了一下,有上百只之多。后来才知道“江猪”就是白鳍豚，再以后成为国家珍贵保护动物几至濒危，这样庞大的江猪群被我看见，而且它们采取的是列阵欢迎的高姿态，毫无防范的信任心，我的长江缘真的很深。

再譬如看到江猪后的二十四年，即在 2002 年的深秋之际，三峡大坝即将合拢前夕，我与一批作家重走三峡，经由巫山、奉节沿江而下，途中专门到长江一处名为“小三峡”的支流捡石头，那一个下午阳光灿烂,有猴群沿江岸攀援,啸叫一如古时,让人宛回唐代。事后写得一首《三峡石》的小诗 :

你等待了我四亿年
只为目光相遇的一瞬
拾起你的时候
我拾起了三峡的年轮

不，层层叠叠的沉重
以及深入骨髓的擦痕
都提醒我注意你的身份
你是大江之魂！

捧住，端详，聆听
江声雨声风声猿声
齐齐向这枚三峡石的内心
一丝丝地渗透浸润

也许你更愿意躺在三峡
躺在 175 米深的水下
与鱼儿和水草们谈天
和横行的小蟹们说地

我把你变成一位“移民”
从三峡移向我的书桌
只为了听听你的故事
屈原、李白、王昭君……

这块三峡石呈草绿色，一层层的细密纹路，摸上去如鱼之鳞、松之皮，归京后我为它配一红木底座，置于案头，目光流及此石，便有江涛隐起，端的是一枚好石——现在它的同伴们俱已沉于一百七十五米深的水底，烟波浩渺不可寻了。

江猪可观赏，江石可把玩，剩下的缘分大概是吃了。长江有三鲜，即刀鱼、白鱼和回鱼，这个知识是在南京知道的，后来还不只一次地用舌头品尝过长江的滋味，但印象最深的还是吃河豚，地点在江苏的扬中，一处长江中的岛屿，河豚的集散地，换句话说，扬中的河豚肥嫩适度，因为这段江水特别适宜于河豚生长发育，个中道理，我至今也没弄明白。

只记得第一次吃河豚的紧张有趣，因为主人的刻意渲染而巩固扩大了这种状态，危险的诱惑？死亡的预约？中毒后的紧急处理方式：灌大粪汤？反正吃河豚已成为一种独特的文化，你把它列入长江文化也成，由于文化过度，河豚的滋味反倒被冲淡，只记得河豚皮要整张吞食，不宜咀嚼，因为有小刺，还因为治疗胃病，所以成为一项比较困难而又不得不执行的任务。吞食河豚皮时口中“沙沙”作响，小刺时刻提醒你河豚的不屈服性格，强行吞咽时你伸直脖子，视为一味治疗的偏方，努力地咽、咽、咽——“咽”的一声，“胃药”进胃，皆大欢喜。

但公正地说一句：河豚肝真的好吃。鲜、滑、香、嫩，滋味远超过法国肥鹅肝。

长江伟大而辽阔，是中华民族的母亲河，我只能从母亲的几滴乳汁中品味那丰赡博大的滋味，纯粹个体的长江印象。我知道，每个人都有一条自己心中的长江，汇聚在一起，才是真正意义上的万里长江啊！

崂山蝶趣

我们一行数人，打一清早起就到得崂山脚下，然后沿着著名的崂山矿泉水泻下的沟壑，一阶阶向上登去。

途中绿树如荫，枝叶间筛出的日光细碎而凌乱地在泉水里闪动，不知名的鸟鸣一声声飞起，给崂山平添了许多静幽之感，从镌着“一水”的巨石起头，途经数水，每一水都别有意趣。有的像湿淋淋的盆景，让你反复端详；有的似响淙淙的琴台，令你心旷神怡；有的像一方玉镜，嵌在青山巨石之中，让你照影之余十分清心；如果再捧起一捧泉水润喉，那登山的疲乏顿时会冲得一干二净。到了“六水”，登山的人渐渐增多，我一时动了野兴，索性下到谷底，溯溪而上，穿水跃石，手足并用，虽大汗淋漓，却颇感快意。

谷底行走较之山腰登阶，其艰苦是可想而知的。但是由于行人少至，加上两壁上古木参天，不断把浓荫向谷底盖严，向上眺望悠悠然的云，高且蓝的天，倒也意趣横生。也许是一种“灵感”突然袭来，我在石上跃动的脚步加快了起来。因为向上望去，前方巨石更多，林木更盛，水声也分明唱得更欢快了。

沿着溪水冲出的一线岸沙，正走着，突然眼前绽开一排黑色的花朵！初初一望，每一朵都有巴掌大小，像蝙蝠般飞动不止，可很快这些花朵又翩然降落下来，有的栖身树枝，有的降于岩石，我眼前的沙碛上，竟也落下来一朵。凝神望去，哪是什么花朵！分明是一群硕大的黑蝴蝶，这可是很大的一群，足有百余只的模样。蝴蝶们仿佛在这水边聚会。上下飞旋;快乐非常。而且可能由于罕有人至，它们风度自如，丝毫没有被我惊扰的感觉，旁若无人地飞舞追逐在这幽静的谷底，像一群水中跃出的精灵。

我不是一个少见多怪的人，在边远的云南，在澜沧江边的森林里，在金水河畔的岸柳中，我见识过蝴蝶们兴高采烈的欢会，色彩缤纷的起舞，并曾用一个士兵的心灵真诚地热爱过它们。因为是这些会飞的花朵，这些充满生气的小生灵点缀过我们巡逻的生活，给予士兵们以快乐的惊喜，并将这些蝴蝶们用彩翅驮来的诗意美美地享受过，从中生发出一种难以名状的自豪。然而，在这崂山的腹地遇蝶，却委实出我意料。何况又是这么多、这般大的黑蝴蝶呢?

我默默观察着这些蝴蝶飞起飞落，看那些薄且黑的大翅膀怎样上下扇动；看那对漂亮的触须如何撩人；看那轻盈的身影怎样忽而掠过水面（也许在照自己的倩影），又如何扶摇而起，直上蓝天，渐高渐远，带走你无限遐思……总之，我在这群崂山蝴蝶面前诚惶诚恐起来，好像崂山的灵气仙气和秀气全被它们具象化了，蝴蝶们不再是蝴蝶，分明是崂山传说中飘然自如的仙子，在这仲夏之日集体出游，借谷底的岚气水影嬉戏欢聚。于是，在静寂里，那关于崂山道士的美丽传说，《聊斋志异》中的神仙故事，全借这蝴蝶的身姿活跃起来，我仿佛置身于一个童话世界，面对着一群崂山仙境美丽的使者，被她们簇拥着进入到一个高邈幽远的境界里，急切间竟忘却了自身的所在。

友人一声焦急的呼唤，将我从恍惚中惊起。蝴蝶仍在环舞不止，我望着这群快乐的昆虫，不由得从心底发出一声祝福：飞翔吧，大自然快乐的生灵，崂山孕育的小生命！愿你们从这谷底飞出，把惊喜与快慰传给更多的游人。

从谷底灌木丛中上得登山的正路，距目的地——“九水”已经不远了。想不到这些好客的蝴蝶真的成为我的导游。站在石阶上向远天望去，我分明见到谷底巧遇过的蝶群在云朵里飞翔着。也许是蝶，也许是鸟，也许是云絮的散落，也许是我的幻觉。不过，我愿真诚地向它们喊一声：再见吧，崂山的蝴蝶……

鬼见愁

能和北京“鬼见愁”对仗的，恐怕是天津“狗不理”了。

不过“鬼见愁”是北京香山一处风景点，“狗不理”是肉包子，互不搭界。可是再往大文化的范围里靠呢，前者是旅游文化，后者是饮食文化，吃喝玩乐，多少都能连得上。

“鬼见愁”很高很陡。十年前我和报社一群文人游香山，雨也来凑热闹，生生不让我们攀登“鬼见愁”。我那时年轻气盛，冒雨登山，不管路隘林深苔滑，好不容易爬到一半，雾涌了上来，雨却小了，旁边一位女同事死活不肯再上，只好陪她下山，一路上怏怏的，觉得“鬼见愁”呼风唤雨，等闲上不去。

这一下竟遗憾了十年。

前几日有闲，参加宋庆龄儿童文学奖评奖的几位评委突发兴致，说要到香山看红叶。于是又逗起了我爬“鬼见愁”的豪情，马上驱车前往。

几年没到香山，香山大变样。首先是商店、饭馆星罗棋布，沿街排得满满当当，饭馆的名称大多沾一个“枫”或“叶”字，雅趣横生，把炒菜的香味险些没盖过去；商店则以出售旅游纪念品的为多，文房四宝、玉石首饰、宝剑国画，似乎琳琅满目，一派兴旺景象。路旁的小摊贩们，卖烤白薯、煮花生者有之，售炒栗子、茶鸡蛋者亦有之，不过最多的还不是这些饮食文化的批发者，而是香山红叶纪念卡的制作人。

他们聪明得很，将一枚香山红叶夹向一张属相判定（或曰算命）的纸片，再用塑料压膜，美、俏，还加上几分心理预测，七八角钱一张，不但拥有了红叶，似还拥抱了人生。

香山另一个变化是增加了高空缆车。

本想乘缆车上去，这样可省力气和时间，同时又能极迅速地了却十年前的夙愿，立马见到“鬼见愁”。然而同行的一位旅伴却建议我们脚踏实地地登山，说这样才能切实领略香山秋景。她进一步诱惑我们，说总共四十分钟就能抵达目的地，然后乘缆车下山，不亦快哉！这番话说得入情入理，于是我们开始拾级而上，继续十年前中断了的攀登。

缆车在左边竖起高空运行的轨道，一辆辆坐满游客的车子悬空而过，洒下阵阵惬意的说笑；我们踏在围墙边的石径上，一步步移向峰顶；气渐渐粗起来，腿悄悄慢下去，汗呢，从后背凉沁沁地游出，提醒我这已是北国深秋。

极目远眺，香山笼罩在一片浅色的云霭里，苍翠的山峰缀着大面积的绛红，那必是红叶的营垒无疑！可惜离得远，只能做一个粗略的推断。云淡且高，天蓝中有灰，山那边的远处有烟腾起。秋空的蓝色因之而失去纯净。烟，来自何方，却又不得而知了。

继续攀登，呼吸急促如拉风箱，前后左右的游客大多矫健异常，我不免显得狼狈。于是向旅伴感慨一番：如果不想那山顶目标，只是埋头一步步登去，自然有抵达的一天，人生何曾不是如此？旅伴还没应声，旁边掠过的一对年轻人却乐了，觉得我这人挺逗，明明走得慢如蜗牛，还胡谈什么人生哲理，真新鲜。

就这样，五十分钟之后，“鬼见愁”终于接见了我。它是一块巨大的石头，额头上刻着三个远近闻名的大字：“鬼见愁。”字体遒劲有力，我想即便这字刻在任何一块石头上，那石头马上会增加应有的知名度的，更何况它选择的是这么一处名胜所在！这叫做相得益彰。

再向天尽头望去，终于看到了远处山谷里的几座高大的烟囱，它们向天空吐着自己的郁闷之气，并使明净的秋阳为之一暗。但这是工业化的代价，烟囱们也没法子。

沿香炉顶走一遭，只有很平常的几处建筑物，倒是小卖部的生意不错，饮料售出得很多。四围群山尚未红遍，我们来得似乎早了几日。

匆匆地，寻找下山的缆车售票处。风陡然硬了起来，汗毛孔顿时一紧，嗓子眼儿痒痒的，险些没咳出一句话：乘缆车竟成为登山的惟一目的！

“鬼见愁”就这么送走了我。

缆车能容两人，坐定之后，乘务员（权且称之）把脚镫固定，头上随之有了与脚镫相连的遮盖物，然后车便滑下山峦。初初很有几分胆怯，脚下悬空，身体倾斜，性命维系在缆绳上，但几分钟过后就轻松起来，向山峦鸟瞰，觉得树格外绿，云格外白，红叶也分外红得喜人；向登山的游人们俯视，仿佛能体味到他们的忌妒和急切，优越感油然而生；同时为适才登山付出的代价感到庆幸，若非苦苦登攀一场，绝不会有这般飘然欲仙的滋味的！

从这个意义上说，“鬼见愁”还真了不起。

上山时，有一群中学生秋游，他们如羚羊般轻巧地角逐着，争先恐后，吵吵嚷嚷；爬到一半时，这群孩子们倚着山石歇息，喝着水壶里的汽水，大口吞咽着面包，胃口好极了。

在缆车上，我又瞧见了他们，不过我在半空，他们在山路。山路不宽，孩子们的身躯充塞着，它便显得花花绿绿，神采飞扬。一个孩子好像认出了我，冲我招招手，他不需要缆车，因此他更自由，也更自信。

青春和朝气，才是真正的“鬼见愁”。

于是，我又沮丧起来。不过一切已经来不及了，因为我已经到了目的地，“下山容易上山难”，由它去好了，反正我爬上了“鬼见愁”，一步步踏踏实实登上去的。我有理由自豪一次。

十年间难得的一次。

鸟岛行

来青海而不去鸟岛，就好像到北京没逛故宫一样。可是鸟岛在青海湖，离西宁尚有数百公里的路程，一般出差的人是可望而不可及的，因此，非但外地人不易登鸟岛，连许多“老青海”也不是常有机会去和鸟儿们攀谈的。

然而我的运气不错。

搭乘了青海电视台拍摄《唐番古道行》一片的摄制组的车，一辆十分气派的日产越野汽车“陆地巡洋舰”，听那录音机里飘出来的悠扬的歌曲和摄影记者老王那滔滔不绝的动物趣闻，以及途中随处可见的掌故：日月山的传说、吐谷浑的古都、哥舒翰为取“紫袍”而屠过的石堡……由不得你不发一些思古之幽情。

这样的旅行在我是头一遭，新鲜、舒适且愉快。尤其途中停车小憩，坐在草原上品茶吃罐头，数头上飞过几只云雀、几只百灵，看远方缓缓移动的牦牛群，悠然自得的藏族牧马人剽悍的身影，以及欣赏不远处的黑牦牛帐篷，想象那帐篷内待客的手抓羊肉——实在是可遇而不可求的缘分。

就这样，说话间挨近了青海湖，在距鸟岛十八公里的鸟岛管理站，在待客的旅行帐篷里，我们栖息下来，等待着明天一早登鸟岛，去朝拜那些长翅膀的“总督”们。

入夜，高原的风摇撼着我们的帐篷，泼辣而且固执地要挤进身子，来陪伴远方的客人，于是，我们大部分人都失眠了。也许，风的殷勤是鸟儿们的唆使所致吧。

天亮了。

鸟岛的夜，不，应该说青海湖的夜是十分短的。晚上九点钟，天边依然闲荡着“晚霞”，远处雪峰那白发苍苍的脑袋仍向你张望不止，布哈河的流水依然亮着一层铜色，坐在“巡洋舰”里，可信手记着日记，丝毫无求于灯光。到了早晨，刚六点钟的光景，夜色就匆匆忙忙溜走了，它好像没有尽到职责的哨兵，扔下一群闹嚷嚷的麻雀，在帐篷顶聒噪不已，自己却躲到了地平线下面，径自去睡自己的觉，温甜美的梦去了。

麻雀们不知天高地厚地叫着，可能误认为我们对鸟岛上鸟儿的虔诚是冲着它们来的。不过，麻雀也是鸟，也有权利唱，哪怕这歌声让人心烦意乱。

汽车向鸟岛驶去，刚修筑好的砂石路，平坦且宽阔，向窗外望出去，只见远天茫茫无际，草滩与沙滩融成一片无尽的黄绿色，扩入天宇、沉入地平线。草地上卧着一只只巨大的“豪猪”，那是芨芨草的草墩。这草甚古怪，好像四季同时在身上交替似的，黄、白、绿相间的颜色，既有枯死的黄草，又有新生的绿草，挺着高且韧的身子愣愣地戳在那儿，任凭你去观察、想象、联想。

不远处的路旁，停着一只大鸟，细看才知是只大雕。它如石像般静立着，看傻乎乎的牦牛们吃早点，看贼精精的田鼠们做早操，也睨视着大且肥的野兔子们在草滩散步——大雕那为晨曦镀亮的雄姿，那一副傲然的神态，使你不由得肃然起敬，承认它确实不同于唧唧喳喳的凡鸟，有一股子发人深思的霸蛮气。

半空中云雀在叫，把清丽的歌儿慷慨地撒下来；像响应云雀的挑战，不时又掠过几只百灵，以更美妙的歌声款待着我们。初时尚不觉得什么，听得多了，就发现鸟岛的百灵鸟有好几种。一种是蒙古百灵，漂亮潇洒，飞起时翅膀后边挺起一条白色的缎带，乍一看，会认为这百灵子身后追着一只大白蝴蝶，与它比翼齐飞！另一种为画眉状的百灵，脑门儿上竖起一条黑纹，像小牛的嫩角，小鹿的幼茸，人称“角百灵”。再一种百灵，个头小，机灵且顽皮，常常在你脚下腾飞，然后在你头顶哂笑，把鸟儿们的机智与幽默尽情展示给你，它们是百灵家族的小兄弟，名叫草百灵。

这些自由的精灵像鸟岛的迎客使者，把我们导入鸟的王国。

鸟岛到了。

一道铁丝网，划开了鸟岛自然保护区的界域。我们的汽车远远停下，托“鸟岛通”老王的福，一位工人领我们到海西脾去看鸬鹚。海西脾是孤立在青海湖畔的一块古堡状的礁石，它满不在乎地蹲在湖畔，任头顶落满了黑糊糊的鸬鹚。这些在江南水乡极名贵的“鱼鹰”们，形成一支阵容庞大的军团，声威颇壮。此时它们正在育雏，小鸬鹚们摇着秃秃的脑袋，张着大嘴嗷嗷待哺，它们的父母则不停地掠过湖面，向青海湖索取着定量供应的食品，然后姿态不雅地飞回岩石上，喂食着自己的宝贝儿。

站在海石脾远眺，脚下是百尺绝壁，远方是一片沙滩，再就是无休止的浪涛——这情景使我恍惚回到了北戴河。那高高的望海亭上，也是这一番极相似的景色，甚至连澎湃的涛声、礁石的形态和远方的沙滩，都相同得让人吃惊！所不同的，是青海湖上少了点点白帆，北戴河缺了鸬鹚们的喧嚷。

从鸬鹚王国再走两公里，便到了著名的鸟岛瞭望台。这儿是鸟岛的主体结构，游人大多如守碉堡的士兵们，顺隧道进入瞭望台。然后可以居高临下，毫无干扰地欣赏鸟儿们的世相。我们还是沾那“鸟岛通”的光，居然可以登上沙丘，直接与鸟儿们交流。

也许鸟儿们已不习惯人类这样“放肆”地观察，斑头雁和棕头鸥（主要是这两种鸟）骚动起来，鸣叫不止。站在小鸟的中心点，可以发现，右面是棕头鸥的天下，一片雪白落满沙滩，万头攒动，十分壮观；左边是“藏族天鹅”斑头雁的部落，它们仪态万方，风度翩翩，小斑头雁们刚刚出壳，好奇且天真地步父母的后尘，十分滑稽地学步，父母的宽大的翅膀，为它们遮蔽着突来的风雨。

一见这小雁，老王打开了话匣子，他曾在这自然保护区生活过数年，拍下许多极珍贵的镜头。他告诉我，小斑头雁从不怕人，喜欢跟你散步，他自己曾养过几十只，每天苦于无法摆脱，最可笑的是上厕所时，小雁在你身旁乱钻，赶都赶不走。

斑头雁是素食主义者，以淡水区的嫩草尖为食。现在由于环境变迁，淡水区离鸟岛的距离加大到十多里地，这些可怜的小雁出窝三天，小脚板还没长硬，就要随着父母走过十多里的沙滩，去淡水区觅食。“可怜哪，它们要走一天一夜，要避开人迹，躲开鹰眼和狐狸的嘴巴，艰苦的行军！”老王不无感慨地说道。

小斑头雁在这鸟儿们的乐园，居然还要经受这严峻的考验。想起它们的活泼与温驯，我的心不由得难过起来。连这样善良的小生命都受到环境破坏造成的威胁，作为万物之灵的人类，委实到了内省的时候了。否则别说善良的小雁们不会谅解我们，连那剽悍的雕、狡猾的狐狸们，也会诅咒我们的贪婪、无知与自私——这将是可悲的。

告别了鸟岛，奇怪的是我的心头没有堆积着喜悦，反而充满了一种莫名的惆怅。当“巡洋舰”掠过草滩时，惊飞起的云雀和百灵们，唱出的歌子里我品到了一丝惊慌、一缕苦涩。一合上眼睛，我的脑海里就浮出一幅图画：荒凉的沙滩上，在夜幕笼罩下，一群小小的斑头雁，踏着洒落的星光和冰冷的露珠，任惊恐的心儿在跳，乏力的脚在痛，仍随着母亲走着、走着，走向远方那有着嫩甜草尖的目的地。

多么艰辛的跋涉呀！一只小雁，也许是白天里向我亮翅的那小家伙吧，跌倒了，母雁用嘴亲亲它，用翅托托它，于是，它便鼓鼓劲，继续在沙滩印上自己一拐一拐的小小足迹。告别了这诞生地，小斑头雁还会飞回来吗？

谁能告诉我这个问题？

“鸟岛通”关上了话匣子。静寂中，我们告别了久仰的鸟岛。远了，那海西脾上的鸬鹚；远了，那草地上的百灵，那雪白的棕头鸥，那美丽的斑头雁；远了，那呻吟般的涛声，沉默着的雪峰，以及大条大条的湟鱼、大朵大朵的白云、大群大群的牦牛和藏羊们。

然而，我最忘不了的，还是那只小雁。但愿它能幸福、平安地找到自己的归宿。

寻找瑞丽

瑞丽沉淀在我的记忆里，已足有十六个年头没有浮现。

记忆中的瑞丽，像一个秀美的傣家卜哨（少女），清洁、文静，散发着无眼菠萝的芳香，静静地、幽幽地倚着颤嫩嫩的凤尾竹，靠着莽苍苍的大青树，借一曲糯软的傣族民谣，把无尽的风情含蓄地传导给远方的客人，让你意痴神迷，不能自已。

记忆中的瑞丽很小。记忆中的小瑞丽似乎几步就可逛完，有一个与小瑞丽身份相称的农贸市场，市场上最多的是一种名曰“常青藤”的绿植物，几角钱一把，拿回家种在花瓶里，凭一泓清水的滋养，它们能生出白色的根须，探开绿色的叶片，很努力地装扮你的不起眼的家庭。

此外就是街头上最最常见的傣家小吃“豪甩”了，说明白点就是饵丝，不过傣家饵丝滋味酸香可口，不注意能吞下舌头入喉。散步瑞丽街头，在小吃摊旁坐下歇息，品尝一碗香喷喷的“豪甩”，同时把傣家人的温和热情一齐咀嚼，你会感到小城瑞丽韵味十足，真正无愧她这出类拔萃的名称：瑞丽。祥和吉利，秀色可餐。

现在我漫步在瑞丽街头，惶惑无比。

因为我已丢失了记忆中的瑞丽，就像一个不负责任的爸爸丢失了一同逛街的女儿。

于是我努力呼唤她，寻找她，想方设法发现她的蛛丝马迹，可是我一筹莫展，记忆中的小瑞丽无影无踪。

瑞丽消失在豪华和喧嚣里。

富丽堂皇的宾馆，灯红酒绿的饭店，已充塞着这座边远的小城。仅就我们落脚的“永昌大酒店”而言，门口上的广告词已足以让内地一切娱乐场所惭愧无比：

“一流灯光，一流音响，一流乐手。”

连用三个“一流”，充分显示气派。这仅只是开场白，更精彩的是下面一段：

请君记住勿忘我
粉红回忆在今宵
香妃荔枝红毛丹
松子茴香绿薄荷
龙凤金银必得利
雪柠可乐万事好
骑士拿破仑人头马
啤酒 XO 大将军
饮料香烟玛得利
果点拼盘鸡尾酒
雀巢美酒威士忌

这段妙文的原版是竖排，因此也可以倒过来读，但是无论你正着念还是反着读，总会让你读出浓郁的港台气息，与瑞丽昔日的清静风姿是无法比拟的。

在这广告下面是另一幅招收武馆弟子的告示，名为“少林散手自然门技击武术训练班招生”。开宗明义，招生者声称自己是为弘扬国术，中间段落吹嘘自己武技高超，最后写道“为开发边陲略尽绵薄之力”，落款为“云南保山龙凤武术馆馆长李璠”，时间为1991年4月6日。

这位李馆长把武术也带到边城瑞丽，我真担心将来他的自然门弟子会好勇斗狠，一改傣家人温和的民风。

但愿他一个弟子也招不成。

瑞丽消失在商品和柜台中。

从永昌大酒店走出，不到百米便踏上主街，主街两旁的几幢旧楼依稀留有当年模样，我看它们眼熟，它们却不再可能认出我。主街正中被商品柜台挤得满满当当，五花八门、五颜六色的商品应有尽有，从漂亮的缅包直到泰国菜刀。我注意到这些活泼泼的生意人中有黝黑肤色的异国人，叫卖着戒指和手镯。一问才知是印度人，再问下去，说瑞丽还有一批“胡商”，从伊朗、伊拉克人直到泰国、缅甸人。

瑞丽真变得不可思议起来。

入夜，我仍固执地踏着雪山的灯光，在喧哗和拥挤中企图寻找瑞丽。耳畔有尖利的高音喇叭在鼓噪，用南腔北调的口音号召人们去轮盘赌，赌注是毛巾脸盆热水瓶，因为正值泼水节期间，据说有关部门允许“开赌”三日，不知此话有无根据。使我感到痛苦的是不止一个赌摊上那放肆的高音喇叭，发出的噪音绝对超出人耳所能承受的范围，给小城瑞丽增添了一种半疯狂的形象。

瑞丽自然更加陌生了。

街头中心处有一棵大青树，大青树下是花鸟市场。此处已脱离了高音喇叭的控制，因而笼罩着一层静谧，我松了一口气，四下里寻找有意趣的角落。果然让我找到两处：

一处是卖旱龟的傣家姑娘；

一处是卖常青藤的老大妈。

那姑娘面前放着两个笼子，一个笼子里是只小猴子，骨碌碌的眼睛惊恐地盯着我；另一个笼子里是大小不一的乌龟，乌龟有金黄的甲壳，背上还有隆起的龟峰，十分罕见。一问姑娘，方知这是缅甸旱龟，很好饲养。

兴冲冲买下一对碗口大的旱龟，又向常青藤走去。常青藤的价格依然如故，它们似乎已很少有人问津，寂寞地绿在市场一角，真不知是人们审美情趣骤然改变还是因为轮盘赌与大酒店！常青藤反正已不再成为瑞丽的标志，我本想购回一束带回北京，可是又一想路途遥远，便放弃了这一念头。在把常青藤还给老大妈的时候，我突然产生了一种内疚，感到我很对不住记忆中的瑞丽，更对不住种植于我灵魂中的常青藤。

不过我从瑞丽带回的两只文静旱龟，它们应该理解这一切。

我还发现这乌龟会“呼呼”地发出叫声，尤其当它们不愉快时。

瑞丽，记忆中的幽静整洁秀雅清香的瑞丽已不复存在。十六年的光景，时代用自己的巨手彻底为瑞丽整容，瑞丽的改变不以人们的意志为转移，瑞丽的改变又全以人的意志为变迁。

我更愿意把“人的意志”改为一个更准确的词：人的欲望。是人的欲望，一种渴望富裕、希望发财和盼望改变原有的生命状态的动力在冲击着小城瑞丽，使瑞丽呈现出繁荣和浮躁、喧闹与纷乱，在这表象下层，涌动着的是生命的活力。

一如福建的石狮。

瑞丽，你在哪里？

神　示

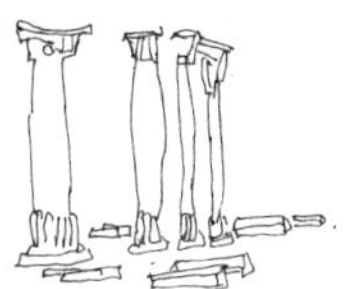

中国的神仙多，由此连带得叫做“蓬莱”的地方也多了起来。抛开那些“小蓬莱”不算，比较地道和正宗的蓬莱有两处。

一处在山东，八仙过海登岸处。那里有一幢危崖上的蓬莱阁，很险峻雄奇地峙立崖畔，招云揽月，登上去远眺，幸运者有时会目睹海市蜃楼。

山东蓬莱乃神仙巢穴，极正宗的一个去处。

闽南安溪县也有一处蓬莱。

安溪是名茶铁观音的发祥地，据说那里的每片草叶都透着茶香，也许是风水太好，便有了一个蓬莱乡。蓬莱乡本身已很仙风道骨，令人神往，偏偏还有一座胜迹清水岩，人称“泉石无双地，蓬莱第一峰”。岩上庙宇重叠，很像一个“帝”字，祭的是如来佛，山主却有名有姓，生日也很清爽，原名陈普足，福建省永春小姑乡人氏，生于宋庆历七年（1047 年）元月初六日，公元 1102 年五月十三日坐化。因为在陈普足五十五年的生涯中修庙宇、植禅林、筑桥建亭，施医济药，同时为人祛除疾病，所至辄应，莅乡祈雨，应声而降，这众多善行善事善举，使他成为宋代钦封的“昭应大师”，以后代代追赠敕赐，“昭应”后面陆续加上“广惠慈济善利”，俗称“清水祖师”。

陈普足大师由人而神，极像另一位海神娘娘的故事，海神娘娘又称天后、妈祖，是中国人护航之神，她也是由一个普通的莆田林姓女子成为海神的，同样是发生在宋朝的故事。距今仅八九百年，凡人便成为灵异的神仙，可见人心之向背。

登清水岩时正值一个星期天的早晨，车子匆匆驶出安溪县委招待所，陪同我们的是县委宣传部年轻的部长李建国。建国毕业于厦门大学历史系，对历史掌故烂熟于心，但行前他不无认真地说道：“清水岩香火旺得很，要早点去。”

刚抵山下，停稳汽车，半山间早鼓乐喧天，鞭炮也极欢乐地响个不停，敢情求签做法事的人们早已捷足先登，抢先向清水祖师请示汇报起来。

我们在觉亭小憩，观赏“枝枝朝北树”，这是一棵硕大无比的古樟，枝叶均朝向北方，为的怀念忠贞的岳飞，这种“北方情结”颇令我们几位北方人倾倒，由此我想起北京文天祥祠中的一株古枣树，相传为文天祥被囚时所植，枝干一律向南方自然倾斜，遂有“臣心一片磁针石，不指南方誓不休”的诗句。指南的枣树与指北的樟树，从历史与道德的两个领域昭示着我们这个古老民族的恒定准则。安溪与北京就这么奇特地沟通起来，桥梁是两株个性鲜明的古树。

清水祖师殿香火的确旺盛，满地是鞭炮的碎屑，满殿是浓郁得化不开的香烟，满眼是跪拜求签的香客。香客们有的来自四乡，有的来自海外，面容一律庄重虔诚，求得一签，便扔爻片验证，一阴一阳方能证明此签不虚，随后到问讯处去取签词，有几位朴实的闽南汉子在那里主持问答，解释签词上的诸多意蕴，全部过程显示出一种宗教氛围的神圣庄重，由不得你不肃然起敬。

于是同几位朋友购一束佛香，点燃；又取过签筒斜摇，待一根竹签自行跳出后，用爻片验证，持签去问讯处换得签词，巴掌大的一张纸片上，印着四句话："斩草欲烧丹，随缘救有缘。四时皆得福，百病免相干。"朦朦胧胧，又有些明晰，显然有着多义性的解释，向主持问讯的汉子了解底蕴，他用生硬的普通话答道："你求的是上上签，你想办的事在明年5月间能够实现，但要搞好人际关系。"

签妙，解得也奇。回头望一眼佛座上的释迦牟尼，再看一眼他身畔的脸色黝黑如包青天状的清水祖师，感到天人合一、人神相通原本是极容易的事。

我心有佛，佛便佑我。

何为佛旨？诸恶莫做，众善奉行。这是当年南京栖霞寺来舟法师说破的一段公案。我平生首次求签，没想到竟在闽南的蓬莱，更没料到求得这么有趣的四句话。

同行的几位伙伴，手头各持小纸一方，有的是"沙雁群飞起，最终归故里。何必恋消息，是田有狐狸"（昭示出国）；有的是"形状若神仙，琴剑两俱全。遇君君不识，差过万千年"（昭示财运）；还有一位小说家朋友，签语先扬后抑，起承转合很艺术："名字通天籍，声名挂九州。一场空画豹，终始滞淹留。"这很令人气沮，"一场空画豹"，似乎写得再多也无甚用处，巧巧这朋友是惠安人，惠安出了个陈伯达，我们便认定这是清水祖师赐给陈伯达的签，仔细一想，这签词还真印证了陈伯达的一生。

于是皆大欢喜地离别了清水岩，离别清水岩同时也就告别了茶乡安溪，告别了那清凉凉的水和香喷喷的茶，以及质朴热诚的一群朋友。

手心里托着一方小小的纸片，觉得命运这玩意儿真有些不可思议，或曰：这是博大精深的中国文化的另一种体现。

糊里糊涂地活到四十岁，鬼使神差地在清水岩求得一纸神示，信不信自便。

你说是一种心理咨询、心理暗示或心理治疗，也成。

龙庆峡

出得北京德胜门，一直向北，向北走出没多远，街心矗立起一匹铜马，马上是个戴毡帽的汉子，面色严峻，腰间有一柄同样严峻的剑，我揣度这就是“花马剑”，因为这汉子不是别人，正是花马剑的主人闯王李自成。

李自成的马尾指向北方，依然是北方，于是我们的汽车沿着马尾巴的方向一路驰去。我们的目的地是延庆县的一处名胜——龙庆峡。

龙庆峡在北京很有名，尤其在冬天里声名格外显赫，当然这种显赫仅只是近五年的事，原因很简单：冰灯。

说龙庆峡的名声是冰灯辉映出来的，一点也不夸张。龙庆峡的冰灯，真可以说是亭台楼阁精致，宝塔栏杆晶莹，人物呢，自然也用得上一个词：玲珑剔透。顶难得的是冰灯世界有一处大的冰瀑布做背景，说这瀑布是“悬崖百丈冰”可再贴切不过了，不但宽，而且高，仿佛水凝固于瞬间，目的只为了引人惊奇和感叹似的。记得几年前观冰灯，我曾在冰瀑布面前驻足许久，想象着它解冻后的模样，这当然是一种没道理的念头，冰天雪地有冰天雪地的意趣，百丈飞瀑又有百丈飞瀑的韵味，二者孰优孰劣，好像没法子界定。至于冰瀑上面的天地，于我便是一个谜了，观灯时是在冬夜，峡谷里除了一个晶莹璀璨的冰灯世界，一个梦幻一样美丽的所在之外，你无法去猜测别的什么东西。

然而这次机会来了。

抵达龙庆峡时是秋日的一个下午,我们一群人穿过坡形的涵洞，一直向上攀登，不一会儿，便抵达了坝顶。朝一座桥走过去，向桥下一看，我猛然意识到自己正置身于冬日冰瀑的顶部，而冰灯世界如今正沉浸在粼粼碧波里，脚下的“桥”其实是水库的一座坚固的堤坝，水从这闸门上泻向下游，落差起码有七八十米，两座山峡挤得紧紧的，生怕显得不够亲热！在它们的臂弯间，尚残留着一些支架和篷布，这自然是去冬冰灯的余晖残照。

顾不上去品咂冰灯的感觉，因为汽艇一声长啸，要送我们泛舟龙庆峡水库，导游姑娘容貌秀丽，更为难得的是伶牙俐齿，于是，在她的指点下，我们开始了一次美的航行。

龙庆峡水库可真美！在峰回水转之间，两岸的山峰以一种奇异的面貌迎接我们,它们忽而是骆驼,忽而是石猴,忽而是跳涧的松鼠，忽而又是探头的鳄鱼。山的青苍色里混杂着五花林，再衬以高且蓝的秋空，棉花状的层云，给人一种幽远静谧的感觉。更妙的是一处名为“石屏风”的景致，真有一扇石屏风笔直认真地立在水面，据说一直插入几十米深的水里。石屏风的背景是石崖，同样高直奇绝，真不知造山运动是怎样完成了山体分离动作的。你在这面石屏风面前，惟有一个念头，承认“鬼斧神工”这一词汇的准确和生动！

也不知绕了几道弯，眼前矗立起一座古钟样的小山，导游姑娘纤手一指，说这就是钟山。船儿略一行进，导游姑娘又一指钟山，说它又变成了乐山大佛。我们凝神一瞧，果然相似得很，于是满船笑声压清波，码头就在这笑声中靠近了我们。

码头仅只是为了换船——由汽艇改为手划艇，这种让人过尽船瘾的安排，在我尚属首次。兴冲冲地，我们凑齐了四个人，一马当先把小舟划向白云深处。

龙庆峡真好像没有尽头似的，碧绿的水载着我们，拐了道弯又是一道水，直到手臂酸了，嗓子哑了，歌声也一股脑地倾泻完了，才掉头返航。秋阳多情地伴着我们望山，秋风温柔地和着我们掠水，“咿呀”的桨声落入水底，我们恍惚进入漓江，在九马画屏山的面前缓缓行进；又好像驶过三峡，在巫山神女的裙裾下静静漂流。一时间山水、天地、秋空、白云齐齐充盈着我们的灵魂，我们不由自主地为这次意外的收获所惊喜所震撼！须知龙庆峡曾是多么的默默无闻，又是多么谦虚地贮藏着如此丰富的美和诗意啊！

当小舟停泊在码头的一刹那，我感到龙庆峡的山和水那种醉酒般的情意。它的奇丽、它的秀雅，以及它的风趣和幽默，都给人一种与众不同的意味。或许因为它的存在属于人类的创造意识，是北京的人民一手创造出了龙庆峡水库，水库的本意原只为了农业的命脉，至于把它上升到审美层次来让人欣赏感怀则是衣食丰足之后的雅事了。

这自然使龙庆峡不同于桂林漓江，也有别于巫山三峡。但也正是这种区别，才使得龙庆峡的美更令人入迷吧！

不管怎么说，龙庆峡的全貌毕竟让我窥到了，从秋峡到冬谷，由碧水到冰瀑，这条卧在北京延庆的峡谷，神龙百变，不去观赏一下，真枉称为北京人。

千万别忘了亲自去划划船，划到手心起水泡时，滋味最奇妙！

宜春散记

宜春不是伊春，更不是宜昌，这都是容易让人弄混的城市，宜春在江西，伊春在东北，宜昌则在湖北。可是宜春市委副书记任桃英女士说起这一点来却百感交集，宜春有座明月山，还有天沐温泉，有一年她邀来一批作家采风，其中有位名家兴冲冲写成一篇妙文，发表在中国一家大报上，山是明月山，不假，水是温泉水，也对，只是宜春变成了宜昌，地理坐标从江西跃到湖北，任桃英看了很运气，注意，这个“运气”是指生闷气，可不是好运的运，一气之下，宜春变成“一座叫春的城市”，这一下名声大震，估计以后再也变不成“宜昌”或“伊春”了。

一座叫“春”的城市在中国并不少，譬如寿春，还有长春，为什么独独宜春这么出名？我想可能是沾了网络的光，“叫春”本来很乡土很暧昧，又特指猫科动物的某种本能发泄，一旦巧妙地加入广告暗示，把“叫”与“春”分解开来，宜春想不出名都不成。

其实宜春在“叫春的城市”之外，还有诸多特正经的称谓：中国宜居城市、国家卫生城市、国家园林城市及中国最佳休闲养生城市等十几个头衔，“城在青山绿水中，人在鸟语花香里”，是恰如其分的。说起来宜春很早就进入过韩愈和朱熹的诗句，韩愈的是“莫以宜春远，江山多胜游”，朱熹夫子则以“我行宜春野，四顾多奇山”为赞，可见宜春不凡。

来到宜春之前先到南昌，见到刚出任副省长的朱虹，我中央党校的同学,他恰好分管旅游,知道我要去宜春,脱口说出“月亮姐姐”，再一问，才知是市委副书记任桃英的绰号，她以打造明月山风景区著名，又将“月亮文化”反复渲染，以至于宜春变成了“月亮之都、月亮之城”，于是任桃英便成了“月亮姐姐”，或者叫“月亮大使”也成。

抵达宜春已是深夜，径直入驻明月山天沐温泉度假区的明月阁，那一夜小雨飘洒，含硒的泉水清沏热烈，却无月。浴后得小诗二首：其一：“此地宜春又宜冬，四时常驻为仙翁。奇山难入中原界，移入边区方逞雄”。其二：“月光如水足堪沐，万古常温春色怡。浴罢穿衣揽山景，方知此地四时宜”。因为是露天浴池，从阳台上可望明月山景，只见绿树红花，小溪如线，加上清亮的鸟鸣，让人一洗旅途劳顿，诗意便袭来了。

第二天一早,明月堂早饭毕,在天沐“思静台”会议室开见面会，任桃英露面，从头说宜春，从古名袁州和《天工开物》作者宋应星说起，又说到禅宗一枝分五叶，有三叶祖庭在宜春，继而话题一转到月亮文化，从她口中才知明月山之来历：一是因人而名，宋孝宗的皇后夏明月是此地人，她最大的功绩是为岳飞平反；二是因传说而名，传此地为嫦娥吞丹奔月之处，因思念家乡而热泪为泉故常年不歇;三是因物得名，此山含锂，有一巨石圆若明月，夜里发出荧光，这一条是载入方志的，屡有记载。

登明月山是一个上午，先看到山门外一座雕像的背影，走过去才知是夏明月，虽是村姑模样，却也仪态万方，她伸臂拥抱明月山，把背影留给刚进山的人猜测，这无疑是个好创意。进山不久，路旁竹笋一一现身，有的索性顶起路面上的石板，显示出雨后春笋旺盛的生命力，竹笋粗且壮硕，大多粗如海碗。任桃英是山里妹子出身，告诉我笋有多粗竹有多粗，又说这竹笋是严禁采伐的，春伐一笋，秋少一竹，黄笋味虽美，产量却控制。

竹子形成一片绿色的海，但这竹海只肯绿在海拔八百米以下，过了这个高度，便是乔木、灌木的领地。于是在明月山的缆车望下去，我看到了大片的杜鹃树，粉色居多，红色也有，此地叫映山红，春天里美不胜收的一种花，在江西山区，放肆地开着、发泄着对春天的渴望和赞美。据说井冈山正举办国际杜鹃节，明月山的杜鹃们没有腿，走不到井冈山，但她们明灿的笑容给予我的震撼，还有审美的愉悦，不是过节，胜似过节。

明月山的极高处，是青云栈道，走过一座透明的玻璃钢桥，便是好几公里长的环山栈道了，有恐高症的人是绝对不敢上桥的，栈道的脚下有鹰飞，天上有云走，耳畔隐隐有山风掠过，远处的山峦在艳阳下显得分外的苍翠，眼前的迎客松却倚定峭壁，把卓绝的风姿展示给你。补充一句：明月山的迎客松非常多，三五步一株，可能这里的水土适合迎客松生存吧！山与松相亲相爱，融为一体，使青云栈道成为令人惊叹的一道风景。

在下山的途中，任桃英书记指点拜月坛，她又让我顺着拜月坛向对面山上望去，那峭壁上果然有一面镜子般的圆石，她说这就是传说中的月亮石，夜里会发出荧光，明月山也因它而得名。只是我们一行人行色匆匆，不可能在某个无月的漆黑夜色里登山观赏这会发光的月亮石，用想象填补空白，也不失为一种旅游方式。

告别宜春归来，信手翻阅今年一月号的《奥秘》，在“自然之谜”专栏中，看到一篇题为《摧毁月球对人类更有利？》的文章，文中谈到俄罗斯五名科学家认为月球是地球上发生的许多自然灾害的祸源，于是建议俄政府动用核武器将月球摧毁！该文核心观点颇有趣，其一是认为月球是“地球甩不掉的寄生虫！”其二认定“自然灾害是月球惹的祸”，其三则认为以俄罗斯的实力，只需在“联盟”型火箭上装上六千万吨级的核弹头，把它们发向月球即可。

这五位科学家的领袖是弗拉迪米尔·克鲁因斯基，著名的天体物理学家，他认为摧毁月球后“人类就消灭了饥饿，消灭了地球上许多灾难与痛苦”。因为月球引力消失后，季节变化也从地球上消失，沙漠变绿洲，农作物茁壮成长，人们再也不会忍饥挨饿……

看到这篇报道，我第一个想到的就是明月山公园和宜春的“月亮之都”、“月亮文化”，尽管这只是科普杂志的一篇报道，真实与否值得商榷，但月亮的存在，在诗人与天体物理学家眼里的确不是同一回事。至于月亮该不该炸或者该由谁来炸，联合国还要不要介入这件举世瞩目的事，是另一个话题，我看炸月至少要比制裁利比亚通缉卡扎菲重要得多。

人类毕竟只有一个地球，也只有一个月亮。

明月几时有？照我看应该时常有，月月有，想炸月的科学家，该住疯人院才是。

北戴河之冬

夏季最好的去处，仅就北京人而言，恐怕只能是北戴河了。

北戴河的夏是极惬意的，它在人们争看日出的鸽子窝上栖息，莲花峰顶醉卧；它又在姜女庙的望夫石上停留，山海关顶徘徊；它在海滨的黄沙小路上散步，任缤纷的野花缀个满头满脸；又在浅浅的海水里垂钓，用小小的饵诱惑肥肥的鱼儿；当然，北戴河的夏还不只这些，它顶迷人的地方是大海和大海的浪花，是由这蓝绿色的“自由的元素”掀腾起的人们的惊叹，更多的是畅游之后的一身清爽、一腔欢快。

北戴河的夏像位殷勤的浴室服务员，帮助人们浴尽暑热的烦闷、都市的喧嚣，只剩下碧海晴空明月心，俗心涤尽，块垒俱消。北戴河的夏，了不起！

北戴河的夏天我造访过三次，第一次是十年前，住在刘庄附近的一处果园里，自己开伙，自备蚊帐，玩得好不自在；第二次是七年前，住在中海滩附近的一家招待所，条件优越，只是时间刚值六月初，不敢和大海多亲近，徒增几缕相思；第三次是在四年前，住在作家协会刚刚收回的创作之家的小楼里，也是自我服务，但由于是自己的房产，心劲儿毕竟不同，加上与妻子女儿同度暑假，这二位是平生第一遭见到大海，故一家人欢欢喜喜，忙忙碌碌，不知不觉就告别了大海。北戴河在临别时赠给我小女儿一串贝壳项链，一件有着“北戴河纪念”字样的背心，这两样礼物，使女儿在小朋友中骄傲了许多天。

北戴河的夏天，我在本文前面已陈列过它的诸多魅力，其实是尽人皆知的事实。北戴河的冬天，估计领略者寥寥，那也是极有滋味的。

为了作协北戴河创作之家的职工宿舍开工，我同两位伙伴专程从北京赶去凑热闹。创作之家有我们六名职工，工作出色，赢得了全国各地作家们一致的好评，因此上级决定专为他们拨款修筑一幢三百平方米的宿舍，时近年底，须急切拨款给建筑单位，十万元，不是小数字，我们的任务就是负责把这笔款项准时拨出。

到得北戴河，才知道建设银行拨款要凭建筑证和施工许可证，把这两张证开出，上面要有规划局的章、房管局的章、消防队的章、人防和公安局的章，总之，每个章都不是白敲的，国家有规定的收费标准，少一分也不行。

然而一切顺利，公章终于一一盖定，房基业已测量定点，施工队的合同详尽签好，剩下的便是造访冬日的大海了。

我们拣一个清晨看海，马路上人影稀疏。一路走去，海风阵阵吹过，耳朵有些受不住，遂把羽绒服上的帽子套上，暖暖地走到海滨。

昔日热闹的海滨浴场，没有一点声音，连灰色的大海也安静得不行，仿佛冬眠似的。海水的边上结了一层薄且亮的冰，沙滩踩上去硬硬的，也冻上了。一切都很冷寂，一切都在凝固。海面除了层云，极目远眺也没有一点白帆，更不见一只翱翔的海鸟，灰黑色笼罩住了天与海，气氛沉闷压抑。

风更紧了，我们沿海滩信步走去，在一群大块的礁石阵营前，我想寻找夏天小螃蟹们的踪迹，礁石里干燥异常，有一两根滞留的水草，把缩水后的身躯附着在石壁上，随海风的掠过而轻轻抽搐，大概它对北戴河之夏的怀念更甚于我吧！

抬起头，突然发现眼前一亮，原来一轮红日跃出了灰云。这红日鲜红却不耀眼，有常见的圆桌大小，沉静地、温柔地注视着冬之海，以及海滩上的我们。

太阳给大海涂上一层暖色，沙滩和海洋渐渐消却了清冷的气息，不一会儿，阳光的手指伸出来，伸向我的眉宇间，搔得人心头痒痒的，于是我禁不住乐了。

北戴河之冬，居然有这么一轮可人的太阳！

更难得的是礁石旁不知何日撑起了一张小方桌，旁边踱着两位挎照相机的小伙子，他们请我留影，打算为今天开张。我摇摇手，谢绝了他们的美意，鄙人冬日臃肿的神态，实在不配上镜头。

他们热情得很，拿海上那轮嫣红温馨的太阳作背景来诱惑我，可是我看到海岸上的冰层和冻得脸色发白的礁石们，终于还是没有领他们的情。

北戴河是以夏天的风姿而名世的，既然如此，冬天只能悄悄望一眼，然后默默离去为好，免得让大海、让游人们彼此失望。

这种心态说来古怪，其实很接近一个典故：一位美丽的妃子病了许久，临死前极宠爱她的皇帝无论如何想瞧她一眼，妃子坚决不同意。因此遂有“美人自古如名将，不许人间见白头”一说。北戴河之冬，何尝不是如此？

挎照相机的小伙子，拜拜喽！

镜泊湖散记

猫眼蝶

我刚刚在北京参观过一位“蝴蝶大王”的收藏展，印象最深的有两种蝴蝶：一是台湾的珠光黄裳凤蝶，一是中美洲的猫眼蝶。

珠光黄裳凤蝶有大条的黑斑隐在翅膀间，逆光观察时，金黄色的花纹会因距离不同而变换颜色，忽蓝忽绿，忽黄忽褐，让你感觉到面前的不是一只硕大的蝴蝶，而分明是一张立体画片。

猫眼蝶比前面的凤蝶还要大些，乍一看是一只猫头鹰的头隐在树林中，两翅缀着炯炯有神的猫眼，逼视着你，让你悚然；蝴蝶的身体恰到好处地成为这只猫头鹰的利喙。总之，它不知怎么与猫头鹰家族达成了神秘的默契，在中美洲的大森林横行无忌，大自然实在有趣。没料到刚刚看过中美洲的猫眼蝶标本，在镜泊湖就捉到了活俘虏，而且是货真价实的猫眼蝶，大翅膀扑棱起来极有力，吓唬老鼠是绰绰有余的。

我们住在牡丹江林管局所属的东京城林业局的一个基层单位，

叫水运场，以运输镜泊湖里的木材为主要工作，同时傍湖盖起一排招待所，夏季营业，冬天关门，季节性颇强。招待所的尽头处是一幢小木楼，共有四个房间，窗下是宽大的阳台，可以站在阳台上尽情眺望镜泊湖风光，以及四周绿得一本正经的人工林。这木楼号称“贵宾楼”，此行镜泊湖，我和何志云、朱伟三人，美美地当了一回“贵宾”。

当“贵宾”很容易，也极随便，无非是给一些林区的业余文学爱好者讲讲文学聊聊稿件而已。我们到的第二天早上，刚刚睡眼惺忪地步上阳台，便看到了两只小鸟形似大昆虫，冲着窗上的玻璃在顾影自怜，猛一看还真吓人，翅膀几乎扇出声来，颜色介于麻雀与鹌鹑之间，那模样活脱脱是一只小型猫头鹰！

“猫眼蝶！”我脱口叫出声来，同住的两个北京小男孩急急钻出屋，缠住他们的父亲捉蝴蝶，说要送给自然老师当礼物。于是，战战兢兢地，何志云与朱伟分别捕住了一只猫眼蝶，夹进了一本杂志里。

请注意，这是一本十六开的杂志，几乎夹满了一面！

我看到大蝴蝶圆睁的猫眼，有些吃惊，也有些不平，它没料到有人对它这么感兴趣，竟成了送给老师的礼物！

我感到更重要的一点是向那位“蝴蝶大王”说明：猫眼蝶不仅仅产于中美洲，亚洲的东方森林中也有。

既然猫头鹰五洲栖息，猫眼蝶生活在镜泊湖畔也就毫不奇怪了。

以后连着几天晚上都有大蝴蝶扑窗，为着屋内明亮的灯光，不知是不是猫眼蝶？

灯笼果

在牡丹江,人们管它们叫“姑蔫儿”,一个极秀气而又有韵味的名字。

我的故乡也有“姑蔫儿”，它们一嘟噜一嘟噜地结在地头，模样很俏皮:金黄色的一层薄皮,半透明,像姑娘们的一袭纱衣;剥开来，里面是葡萄状的一粒果子，颜色嫩黄，滋味近似苹果，但又远比苹果清香。

“姑蔫儿”这名字很古怪，至今我也拿不准它的名字是否真这么写,但就发音而言,是准确的。在我的故乡甚至又多加了一个“姑”字,称为“姑姑蔫儿”,这就更加重了这种植物的女性色彩。“姑姑蔫儿”肚里有极细小的籽儿，或许这是它得名的一个主要原因?

另外“姑蔫儿”属“果熟蒂落”型的植物，外面的表皮“蔫”了之后，它就自然跳离枝头。捡地上的“姑蔫儿”吃，是顽童们最神往的一项节目，因此“姑”与“蔫”二字组合成的这种小浆果，凝聚着北方的幽默。

我从小就喜吃“姑蔫儿”，但从不知道它的学名。加上故乡夏秋之际盛产瓜果，“姑蔫儿”上不了台面，产量极低，偶一吃之，倒也欣喜若醉，因此“姑蔫儿”的形象留在记忆里，显得遥远而美妙。

此番镜泊湖之行，不料想在一处名叫“东京城”的林业小镇遇到了“姑蔫儿”大军，美美吃了一顿。卖“姑蔫儿”的是位朝鲜族老大爷，面前撑起两大麻袋的“姑蔫儿”，一元钱一斤，便宜得很。东京城与日本无关，这里是唐代渤海古国的东京城，小且繁华，以林业为主，或者说是林区城镇的别一名称亦可。我在东京城的农贸市场一下子买了两斤“姑蔫儿”。两斤“姑蔫儿”偌大一堆,因为它“蔫”而不占分量，我感到拥有了一大笔财富。

守着一堆童年时代未能尽兴大吃的“姑蔫儿”，我品到了某种久远的满足。兴冲冲地，我把“姑蔫儿”推荐给来自北京的两名小男孩，希望他们能吃出欢乐的滋味。两个小家伙尝了几粒之后就不肯再吃，说像酸苹果，一点也不好吃，说毕扬长而去。

于是我产生了深深的失落感。

向一位林区工作的朋友打听“姑蔫儿”的学名，他似乎惊讶我的无知，竖起眉毛，淡淡地说："灯笼果。"

哦，原来如此。

灯笼果，一个形象的名字。只不过较“姑蔫儿”来说，少了一种温柔的内蕴，也缺了一点民间色彩，我真希望它就叫“姑蔫儿”。甜甜的，脆脆的，外衣如蝉翼；软软的，轻轻的，剥开一粒，让人如睹东珠，如观玛瑙。

不过灯笼果也不错，在秋日的伴衬下，亮起它们金黄的灯笼，照着田野和山林，也照着嘤嘤嗡嗡的甲虫和无休止歌唱的蝈蝈，诗意得很，也适意得很。当然，它更容易让人联想起月光，联想起大颗的星星，飞舞的流萤，以及一切与夜色有关的景物。

吃一把灯笼果，嚼几粒“姑姑蔫儿”，很轻松地滑回了童年心醉，多美。至于我们的后代爱不爱吃，则属于“代沟”问题，姑且不去遗憾或惋惜了。

重要的是我吃到了灯笼果，不，“姑姑蔫儿”！

寿星头

寿星头是一只大蜘蛛。

我刚刚踏上小木楼的楼梯，首先见到的是房檐下一张八仙桌大的蛛网，以及祖卧“八卦阵”中的大蜘蛛寿星头。

它实在太像老寿星的脑袋了，大肚子朝上，圆鼓鼓如寿星那突出的额头，肚子上的几道色斑，加上蜷在一起的蛛脚、形成寿星的脸部，连皱纹都活灵活现。微风吹来，蛛网左右摆荡，这只黑蜘蛛听凭风浪起，稳坐中军帐，那姿势，那风度，都显得与众不同。

这是我平生所见过的最大的蜘蛛！它足足有一粒蚕豆大小，我指的是它的身体部分，如果伸展足爪，恐怕又要大出一两倍！

我在镜泊湖畔小住五天，每天早晨下楼梯时都要和寿星头打打招呼，我企图观察它捕食的状况，看看这只东北森林的大昆虫能否有上乘的表演。可是我失望了，一连几天我看到的都是一颗没精打采的寿星头，悬吊在巨大的蛛网上，连足爪都不肯伸一伸。

我开始怀疑寿星头是否吃了安眠药？

一天中午，我被一只大苍蝇骚扰得无法入眠，便打开屋门往外驱赶。这是只绿豆蝇，脑袋亮若绿金，算蝇类中的佼佼者，因此它的强行访问自有它自己的道理，谁让我摆了一块西瓜忘了吃呢！

大苍蝇被我驱赶得有些气恼，骂骂咧咧往外飞，不知是过于慌忙还是命中注定，竟一头撞在了寿星头的网上，寿星头蓦地弹起身，以极其矫健的动作向苍蝇进攻。它又缠又刺，没几个回合，大苍蝇服输了，翅膀不再扇动，似进入了昏迷状态。再看大蜘蛛寿星头，又恢复了它一贯的稳重形象，头朝下，肚皮向上，悠闲自得地开始享用迟到的午餐。

如果蜘蛛会唱歌的话，我想它一定在哼着关于喝酒的小调。

寿星头的确很棒。

告别镜泊湖前一夜风雨大作，清晨起来第一件事是观看寿星头，发现屋角仅残留几丝断网，它摆成的八仙桌般的“八卦阵”已荡然无存，自然寿星头自己也不复存在。于是，怏怏地，我告别了镜泊湖水运场。

北京城里是绝对见不到那么雄壮的大蜘蛛的,寿星头即使失踪，它依然属于东北的大森林。

是吧？！

快活林

快活林属于武松，或者由武松和他的义弟施恩再搭上一个倒霉的蒋门神共同拥有；快活林原本快活或不快活地生长在一本厚厚的大书里，让历代中国汉子们读得摩拳擦掌，热血沸腾。

可是在牡丹江林场的镜泊湖畔，偏偏有一处叫做快活林的地方，这是一个小小的半岛。从我们住的水运场招待所望出去，只能看到一处尖尖的山嘴，那是水运场停泊汽艇的码头。乘汽艇绕过山嘴，镜泊湖豁然开朗，在不远处亮出一抹灰墙红廊来，船工顺手一指，说那就是快活林。

为什么叫快活林？没有仔细去考据。我想或许是闯关东的山东汉子思念故乡的一种特殊表达方式，或者是林区工人认定这小岛幽静优美，让人一登临就快活不止！总之，来到快活林，小住一夜，才真正领略了镜泊湖之美妙。

先是在月光下夜泳。

镜泊湖的月亮又大又亮，静静地悬在不远处的林梢；湖水极轻柔地拍打着朦朦胧胧的沙滩，风儿掠过，沉在湖中的大月亮便随风由圆变长，渐渐长出去，长出去，形成一条银色的带子。湖水由于白天大量的贮存阳光,一点儿也不冷,以至使你产生一种错觉:

镜泊湖的月亮是温暖的！

我们一群汉子浴在月色里，尽情地扑打着琥珀色的湖水，我恍惚觉得自己回到儿童时代，沉浸到一种悠长而甜蜜的境界里。仰天浮在水面，看那一轮皓月渐渐升高，月中桂影婆娑，与湖岸上的森林相映生辉，你会猛然感到涤尽了一切世俗的尘念，涌起一种永久的渴望，渴望眼前的一切凝固成为永恒。天上的月亮，身下的湖水，远方的森林，以及不远处同伴们欢乐的叫嚷，撒网的小舟上点点渔火，这一切构成了静的氛围，诗的境界，和可以称之为美的所有要素。

当我夜泳望月的一刹那，我理解了“快活林”的由来。

第二天清晨踱到湖畔，镜泊湖已撩开雾的面纱，把碧绿的波涛呈现出来。我掬一把湖水洗脸，水里有细细的绿藻，像顽童不经意间泼出的染料，小米粒模样，圆溜溜的，互相打着招呼，它们似乎是快活林沙滩的老住户，成群结队，染绿了镜泊湖水，绿球藻们在我的手掌中滑落，我感到它们更快活！

一艘捕鱼的小船靠岸了，渔人是一对林场退休的老职工夫妇，每天夜里两三点钟起身去湖里捕鱼。黎明归来，舱里已有几十斤的收获，鱼以鲤鱼为多，也有鳜鱼、鲫鱼。我注意到一条肥大的鲤鱼，起码有五斤多，肥厚的身子愤怒地扭动，两腮一开一合，金色的鳞片湿漉漉的，显然它懊悔着自己的大意，也咒骂着渔人们的罗网。

镜泊湖的鱼很贵，这条大鲤鱼更是抢手货，能值二三十元。向老职工打听一个夏季的收入，他的老伴淡淡地说：“万把块钱。”

快活林实际上是一群林场渔人晚上的歇息地，当汽艇来接我们的时候，渔人们把小船拴在艇尾，于是，大艇拖着小船，犁开了镜泊湖平静的水面，岸边是焦急的二道贩子们，镜泊湖里这条大鲤鱼，想必能为他们添不少快乐！

想起昨晚上这鱼儿曾与我一同浴在湖水里的情景，再看一眼它翕动的腮和圆张的嘴，感到快活的人其实很可恶。

但怪谁？谁叫鱼儿那么肥美呢！正出神间，汽笛一声欢叫，抵岸了。

镜泊落日

欲到镜泊湖，先走东京城。

东京城不大，从外表上看，一如东北平原上常见的镇子；可东京城也不小，商店医院大礼堂一应俱全。有趣的是它的名字，怎么就敢和世界上大城市之首的日本东京如出一辙？算不算是高攀？

东京城摇摇头，它摇的是白杨和白桦、红松和水曲柳的树冠，谁叫东京城是一个林业局所在地呢！再说，东京城可不是后来那些想到日本淘金的人给命名的，那叫赶时髦，咱们的东京城比日本的首都可历史悠久多了，唐朝时这里建起渤海古国，就这么叫法——东京城，唐朝时日本东京还不知在哪儿呢！

从东京城驱车出发，沿着金黄的麦田和蓊郁的森林边缘行进，不到四十分钟，你就到了天下闻名的镜泊湖。

镜泊湖的得名，顾名思义谁都明白，它还真的像一面菱花古镜，照彻古今，从渤海古国的盔甲武士直到抗联战士的疲惫昂然的脸，“今人不见古时月，今月曾经照古人”，镜泊湖何尝不是如此！

我们一行人从热闹的北京来到镜泊湖，只为了看小船们斯斯文文地捕鱼、巨大的原木们列队远航；为了看有白山羊和黄牛们耐心地吃草的沙滩，金黄色的湖沙一直铺向远方；也为了绿色森林那迷人的绿，连空气也呈现着清醇气息、绿得发蓝的那种境界和氛围。

这一切都是热闹的大城市所缺乏的。

何况还有鱼和落日。

镜泊湖的鱼又多又肥，从鲇鱼、鲤鱼、鲫鱼直到鳌花、红尾，后两种鱼尤为别致，鳌花实际上有个更具文化意蕴的名字——鳜鱼，桃花与流水衬托着它，于是它肥美地游动在诗意盎然里，可是镜泊湖人偏偏叫它鳌花，你仔细咀嚼这两个字，比鳜鱼更有味道！

红尾是另一种性质的鱼，它长不大，顶大的也就半尺多长，外貌极像白条儿，但尾巴是淡红的，凭这条与众不同的尾巴，使它的家族名声响亮，居然居于镜泊湖众鱼之首。红尾需用油炸着吃，鲜、嫩、香、酥、脆，全占齐了。红尾是镜泊湖的骄傲，但我至今没查到它的学名，名称对于美食家而言不那么重要，重要的是内容。

落日和红尾不同，它不能满足你的口腹之欲，但能在你的精神餐桌上成为一道主菜，尤其是镜泊湖的落日。

看落日是在一天傍晚。一次十分偶然的机会，我们在招待所门前的草地上聊天，聊着天南海北的永远聊不完的话题，突然抬头向西一望，人便呆住了！西天的落日以极其辉煌的姿态缓缓落下，远山似不堪忍受这轮沉重的辉煌，用森林的手臂托出它，不一会儿，远山叹了一口气，接纳了落日这一既定事实。但它又用奇异的峰峦开始切割这枚熟果似的落日，于是落日那嫣红的滚圆出现各种有趣的图案，先是一座城堡，极像哈姆莱特徘徊沉吟过的城堡，后来城堡不见了，变成几何图案的现代派作品，最后这红色暗下去，暗下去，呈现出只有在中秋节晚上赏月时才见到的月中桂树，而这分明是一轮落日，完全与月亮无关的镜泊湖落日。落日借助远山和云霞，在镜泊湖的尽头出色地表演着魔术，看得我们目瞪口呆，感到自己仿佛成为一名远古的顽童，在夕阳落山的一刹那，从内心里发出惊喜的呐喊。这轮辉煌的落日如此潇洒地结束自己一天的旅程，在我是平生首次看到。而较之泰山日出、峨眉金顶的佛光而言，它绝对是毫不逊色的，我庆幸自己无意中看到的大自然这幅杰作，也终于明白了何谓“落日辉煌”。

茫茫宇宙间据说有无数个太阳，但我认为俯照地球万物的这轮太阳最了不起，没有别的理由，就凭它在镜泊湖的神龙一现的上乘表演。

冰洞行

沿着山径登上去，再顺着小路溜下来，山径上全是裸露的树根，小路上全是突兀的岩石，树根和岩石考验着你的毅力、你的气力，还有灵巧。砂石不断地滚下去，一直滚到几十米深的谷地，你抬头望望天，觉得天很高远，被山顶上的树们擦没了。你低头看看脚下，又感到自己很高大。谷底是一个岩洞，岩洞边上似有一群小小的人影，岩洞四周是树木，很矮很小的树木。

岩洞所在的地方，人们习惯称为“地下森林”。

没到地下森林之前，有过各种猜测，以为地下森林生长在火山口里，直上直下，壁立千仞，森林中有虎豹熊罴，鹤飞雉走，人们在高处俯瞰那森林，就像在沙盘模型上观景！

来到地下森林，才发觉上了法国科幻小说大师儒勒·凡尔纳的当！他的《地心游记》成为我们神游地下森林前的导游。实际上地下森林就是山谷里的森林，我们所要去的岩洞，是当年的火山口，它是地下森林的主要风景点，其重要程度好像北京的天安门、黄山的天都峰、南京的中山陵。

只是路太难走，严格说来这不是路，仅是由树根和岩石组成的只允许人慢慢下滑的通道。我本来不想下去，有时远眺火山溶洞要比亲临洞底更有韵味，这是旅游美学很重要的一点。可是同伴中有一位残疾人和一位孕妇执意要去，这种明显的激将法撩起了我的雄心，遂有了开头的那种感触。

终于到了洞口。

火山溶洞如一大厅，呈现出亿万年前喷射熔岩的原始状态，所有的构造都斜冲上去，形象地说，这洞像一只巨蛙的大嘴，而巨蛙正蹲伏在草丛间，等待吞食飞临的小虫。

我们就是自投其口的小虫。

只不过这只巨蛙腹内有制冷装置！洞里十分凉爽，凉爽到你根本不能久留。不知从哪里流出一脉泉水，冰凉沁骨，于是，洗一把脸，赶紧出洞。走出不到二十步，眼镜陡地蒙上一层水汽，就像冬天里从室内走到室外的情况一样，可见洞内外温差之大！

我不知道这种温差形成的原因，但地下森林的火山溶洞，以冰冷彻骨的温差留给我难忘的记忆。昔日火山爆发时极度的热情，早已不复存在，热情过后是极度的冷漠，大自然就这么难以捉摸，有时让你感到他像一个任性的孩子。

从溶洞里我捡回一块火山石，石质很轻，四周是丝状的条痕，像关东糖，铁青的颜色里杂有赭红和雪白；细碎的孔眼，告诉我当年这石头处于流质状态时的种种阅历；不规则的层面，使它又像一段朽木，虫蛀的朽木，总之，这块火山石漂亮庄重，传导给我远古山河巨变的信息，同时提醒我别忘了那冰洞、那山径，以及两位倔犟顽韧的旅伴……

地下森林，值得一去，不过最好穿双轻便的旅游鞋。

大峡谷

南盘江最初给我的印象极温柔，水绿得像翡翠，缓缓地铺在有大块大块鹅卵石镶就的河床上。摆渡的木船每天从此岸到彼岸往返无数次，毫无风波之险。只需一根丈把长的竹篙，小娃娃也敢试一试。

有一段时间我离开军营，住在南盘江畔的一座大村子里。这村子很富庶，村东江堤上是二里长的金竹林，走在竹林小道里，滋味极美妙。脚下江堤平且直地向前延伸，耳畔不时哨出一声两声黄鹂鸟的呼唤，给人以进入唐诗绝句意境之错觉。

在这美丽的小村庄里，我住了半个月，每到黄昏都要亲近一下南盘江。南盘江的摆渡船，也被我摆弄得服服帖帖。当时正是旱季，水清且浅不说，我由于熟悉了这一段平缓温顺的江面，以为南盘江的面貌一贯是如此的。

其实不然。南盘江有大峡谷。

冬日里，我随连队进山垦殖，住在一座高山村寨。抵达时已是黄昏时分，村旁的棕榈树荷着落日的余晖，站成一把巨大的葵扇状；各种嗓音洪亮的狗向汽车轮胎质疑不止，那气氛简直不想让你踏进村子半步。然而，我终于还是觅到一家房东，住下了。

第二天正值星期天，南盘江的涛声呼唤着我们。从小村庄的坟茔地里插出去，穿过一条柏树林立的小道，油菜地平坦得像块地毯，地头处，斜闪出一条羊肠小路，它懒懒地搭在峭壁上。若不是走到路的尽头，无论如何也想不到南盘江竟掩在这陡峭的峡谷里。

更奇的是站在山头眺望，对岸仿佛可以一跃而过。这峡谷几乎像被人一刀劈开似的，那么直，那么陡，又那么深。真是造物主一种奇妙的安排。

沿着峭壁上的小路一直下，少说也有三百米吧，终于见到了久违的南盘江。它委屈地挤在两山石缝间，气得水花四溅，溅起的水珠在一瞬间化为雾气，凉津津的。先前见到的那些温柔圆滑的鹅卵石，也变得愚笨硕大，看上去面孔阴沉，显出老大不乐意的模样。

大峡谷底，居然也有阳光。中午时分，太阳试探着把手伸进南盘江的浪花间，于是阴沉着脸的卵石显出活泼泼的笑容，水花溅出的淡雾掺入了虹霓的颜色，再加上山岫间树木的投影、高天上白云的凑趣，南盘江美丽的一面又恢复了。尽管与我在原地带见到的南盘江是那么的不同，可我还是认出了它的本来面目。

你看，这就是太阳的伟力。

我们在南盘江的激流里匆匆忙忙而又痛痛快快地洗着，快乐地说笑，又放肆地打闹。将洗好的被单晾晒在江边灌木丛中，不一会儿就干了。后来，我们索性跳入激流中，稍一洗濯便尖叫着跃出，不像是洗澡，倒像是受刑。峡谷底下有一凹进去的石洞，洞里的石板上，显然有烧火的痕迹，这倒提醒了我们。于是分头觅得一些枯树枝，燃起一堆篝火驱走了适才南盘江赐予的寒意，身心俱泰，再打量一下大峡谷，恍如回到远古，不知先民们在这石洞里是否有过如我们这般意趣。

这鲜为人知的大峡谷，起自何方，又止于何处，我都不知道。也曾试着勘查一下，终于因没有勇气而作罢；若从地面距离计算，大峡谷当距我撑摆渡船的河面百余里。

南盘江当然不止百里长，那么，它的面貌也就应当是千姿百态的了。假如我只在竹林旁见到温柔的江，在大峡谷窥见急切的江的话，它的另外种种性情还不为我知。正如生活里的朋友一样，若非亲自相逢，亲自感受，亲自了解，则无论他是蔼然若春风、暴烈如雷霆，还是沉静如泰山、绵密如春雨，都是决计判定不出来的。

南盘江上的峡谷也许很多。但至今我仍认定，最美的一座是在云南宜良境内，在一座鲜为人知的高山村寨的油菜地旁，它把一条小路斜甩出陡峭的石壁，拴住一群年轻士兵活泼泼的心。

名人别墅

庐山要拍卖名人别墅了。

这个消息震惊了整个世界。庐山是政治之山，名人别墅是庐山景点的重要盆景，向世界拍卖名人别墅，实际上等于拍卖了庐山的风景。

以金钱作为这风景的切割器，锐利无比。

名人别墅从来属于名人，属于那些政治名人、经济名人，属于历史名人与当代名人。照理说与自己无大干系，但巧就巧在六年前的秋季我首登庐山，住过一次名人别墅。我住的别墅属于一个名声不好的名人，他以阴谋诡计著称于世，同时又以赫赫战功而名震天下；他生活节俭，只爱吃黄豆；他又性情怪僻，听不得一点水声。这位名人声称自己“志壮坚信马列”，可历史又出来证明：他当年怀疑过“红旗到底能打多久”；这位名人曾是共和国的元帅，但他偏偏猜忌褊狭，不能容忍其他几位元帅；他使尽伎俩，研究各种形式的政变，继而提出一个著名定理：政权就是镇压之权！最后他真的以身试之，结果孙猴子翻不出如来佛的掌心，一个筋斗云翻到温都尔汗，“折戟沉沙”就此成为20世纪70年代中国一个重要典故。

这位名人大概不用我多说，稍稍关心一点政治的人都明白得不能再明白。

初住林彪别墅（当时它属于部队一所疗养院）是一个雾蒙蒙的早晨。住定，左右一看，发现这房子构造特殊，三间连为一体的正屋，依次为林彪、叶群、秘书之寓，床很大，大到能翻跟斗，卫生间更大，流水哗哗，不知当时怎么处置这讨厌的水声。剩下的是警卫、门卫的偏屋，还有一间能当舞厅的会议室。这幢别墅，起码拥有十间房子。

三间大屋住了三个北京来的儿童文学作家。我住里屋，中间是夏有志，一个快乐的小说家，再外间是曹文轩，北京大学的学者型作家，苏北乡村成长起来的才子。

住下之后，感觉到了诸多不妙。先是曹文轩连连做怪梦，他的床前立着一尊一人高的氧气瓶，这使他每夜都梦见位戴口罩的白衣女郎神秘来访，也不说话，只默立床头，真吓人。文轩决定不住这名人别墅，他坚决地搬迁到人多热闹的另一幢所在。夏有志为了表示自己的友谊，也一搬了之。他没提怪梦，但他大讲鬼故事，讲故事时太投入，便极有可能是自己吓住了自己。

两位伙伴战略大转移，偌大的三间空屋只剩我一人，因为自诩阳气盛，不好撤退，只好硬着头皮住定。子夜入睡，浑身凉飕飕的，虽未有曹文轩的好运道，却碰到另一种麻烦：参观者。

先是一天早晨，我还没起床，就听见一阵纷乱的脚步声。房门被猛一下推开，一群陌生人涌入。我恼怒地问是怎么回事，领头人一摆手，说没啥没啥，我领朋友来看看林彪住过的房子，你睡你睡。

这是疗养所一位负责人，敢情他像一位大收藏家显示自己的收藏般领人参观，游人们惊奇地东张西望、南摸北碰，把名人别墅中所谓的林彪卧室浏览一遍，对于睡在床上的我这个人的存在反倒不介意了。

这是我平生遇到的最古怪最尴尬的场面之一。由于不知道怎么解脱，只好蒙头大睡，权当作刮来一阵邪风。

第二次参观的时间换在了中午。

午睡正酣，又被一群游人惊醒，眼前照例是疗养所负责人充满歉意的脸，这脸的后面是无数双一惊一乍的瞳孔，以及很快就鄙夷和不以为然的议论。

“名人别墅，也不过如此嘛！嘁……”

值得一提的是那几天游览颇尽兴，到得晚上，没有别的娱乐活动，大家就在一起唱歌。会什么唱什么，唱得声嘶力竭热情洋溢，恨不得唱垮了五老峰唱干了鄱阳湖。我们唱歌一半为了宣泄，另一半为了鬼故事的恐吓。庐山是具有神秘磁场的所在，鬼故事分外地多。譬如一位女护士就认真地告诉我们，就在这幢别墅拐弯的台阶上，坐着一个白衣女郎，常常在午夜出现，一闪就消失，而且她还亲眼见过多次……

由此联想起曹文轩的怪梦，大伙更感到庐山幽深古奥，名人别墅的怪异奇特来。为了扼制这种弥漫于每个人心灵中的恐怖的雾气，只好唱歌。

唱什么歌？毛主席语录歌，最避邪的“下定决心不怕牺牲”；唱“大刀向鬼子们的头上砍去”，雄壮能驱赶幽怨；唱革命样板戏选段，“想当年，老子的队伍才开张”，“穿林海跨雪原气冲霄汉”，“临行喝妈一碗酒，浑身是胆雄赳赳”，字不正腔不圆，但唱词绝对精确，充满阳刚之气。

唱到最后，实在没的可唱了，不知是谁起了头，竟唱起了“大海航行靠舵手"，一唱百和，整齐之极。唱罢，突然忆及这歌子流行的背景，原来与这名人别墅的主人大有关系，于是噤声，不再吼叫，悄悄地回到各自的房间，一宿无话。

庐山名人别墅极多，我们住过的这一幢，据说——仅仅是据说，庐山会议时林彪确实住过几天，那几乎是三十年前的往事，还留给后人们这么多神神秘秘的故事，可见名人效应是何等的强烈。

以后再未登过庐山，也再不肯轻易去住什么名人别墅，哪怕破败成一座古庙般的名人别墅，你住进去，就成为名人的附属品或遗留物，让兴致勃勃的参观者当风景观赏，别说什么"请勿打扰"和隐私权。当然，有一点你该感到庆幸：沾了名人的光。

不流芳百世则遗臭万年的名人，也是名人，你不承认，历史承认，没脾气！

云南点滴

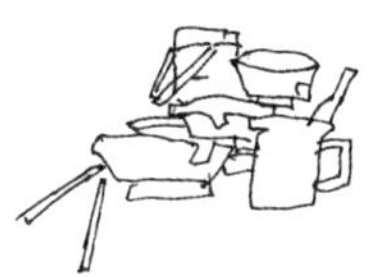

前几天，到北京大学燕南园走访女作家宗璞。初时拘谨，一副公事公办的样子，及至谈得兴起，方知她在九岁上到得云南，十八岁上返回北京，竟在云南住了八年之久，整整一个抗日战争全阶段！

我马上生出许多亲近感，因为自己亦与云南缘分不浅，在那方土地上生活过近十年光景。宗璞又说起初与闻一多先生踏访石林，石林上天籁一片的情景，又勾起我许多记忆。

告别宗璞归来，脑子里贮满了对云南的回忆。石林风光已为众人所知，可那附近的月湖，却未必人人知道。月湖藏身在石林深处，旁边有一撒尼山寨，曾以极大的热情款待过我和我的放映队。

月湖离我们当时野营的村庄有十几里路，选个星期天，我约几位战友，兴冲冲踏访。

月湖不大，半月形的湖面一览无余；沙滩上满是蚌壳，小山似的堆着。一叶小舟静静地泊在水边，没有一个人影，偶或有水鸟掠过。湖面上星星点点开放着水草花，黄白相间，文静得让人爱怜。

我们荡舟入湖，又在湖里游泳，搅乱了月湖的宁静尤觉不足，索性大声唱起歌来。放肆的歌声在湖面上滑行得很远很远……

告别月湖，没几天工夫，我和放映队的伙伴搭了一辆牛车到村子里放电影，这可热闹得让我们几乎承受不住。

想不到小小撒尼村子释放出如此巨大的待客热能！我们的放映机所占据的地方，一律铺上了新织就的草席，踏上去软软的，像地毯。放电影时左右衣袋里装满了瓜子、花生，面前则是一堆甜梨，散发着水灵灵的诱惑。放映完毕，撒尼人把我们前拉后拥，摆置在一桌丰盛的酒席前面。酒是大碗喝，肉是大块吃，一不小心还有撒尼姑娘从背后“压饭”，她们狡黠得如小鹿，一旦得手，便“咕咕”地笑个没完，笑声中充满了恶作剧的快乐！

顶有趣的是告别。

我们的放映车开出村口时，村前的小路上站着一排少女，赤脚跳起欢快的撒尼舞蹈，边舞边唱着送别古歌，月光下舞成一群美的精灵，让人心头漾出离愁别绪，一缕缕不肯散去。

这之后，我又到过苦聪山寨、瑶族山寨，看边防哨所的战友们怎样点亮哀牢山最高峰的星星，吃苦聪人的“鸡骨碎”，嚼瑶族兄弟的野芭蕉花；还在西双版纳的基诺山里穿行，从蚂蟥箐里脱险；在滇西，在瑞丽江畔和陇川，我痛饮过傣家妈妈的米酒，把玩过阿昌人打就的快刀……这一切，构成了我对云南这一“美丽、丰富、神奇”的土地的热爱，这份热爱在心头留下了不可磨灭的痕迹。

可以这么说，没有云南烟雨的浸润，我绝对不会走上记者之路的。而若没有对云南的爱，我也绝对不会这般执著地走到现在。在我的云南军营里，走出过冯牧、苏策、寒风、公刘、白桦、彭荆风、周良沛、李钧龙，也走出过李迪、陈凯歌、朱晓平、沈石溪、严婷婷，这一代又一代作家们重复着我所重复过的话，做着我正在做的事……

嘉峪关下

嘉峪关太有名了。

太有名的嘉峪关，及至见面，才知道竟然是酒泉钢铁公司的代称。所谓的嘉峪关市，市民中占绝大成分者均为酒钢职工，换一种说法，是先有酒钢，后有嘉峪关市。现代文明促进了古代文明，一种古怪的公式。

事实上确实如此。

我们来到嘉峪关市，住在酒钢宾馆，先参观酒钢，继而游览古迹，耳畔钢铁的碰撞声尚在轰鸣，眼前又浮现出古长城风貌。嘉峪关有长城博物馆，长城资料又多又齐全，而且整个博物馆就仿佛一座长城的敌楼，端的由形似而神似。进得博物馆，满眼是长城遗迹、长城故事，由古代书简到弩机，直到点燃狼烟示警的燧料。一层一层端详，攀登楼梯似登古长城，而“长城内外，惟余莽莽”的感觉油然而生，一时间忘记了是参观长城还是浏览博物馆，个人在这历史的伟物面前，禁不住地小了许多。

嘉峪关让你百感交并。

大西北永远的苍凉雄浑，一点点挤入你的躯壳，略一思忖，就想起汉唐气象，想起李广、霍去病的武功，李白、王昌龄的文采，你无法走出这特定的氛围。

到嘉峪关前，先走山丹，一座小小的县城。

山丹也有一座博物馆，展出的物品极特殊——由一个新西兰友人个人捐赠的三千多件珍贵文物，齐齐地陈列在三层楼内，这位友人名叫路易・艾黎，终生以中国为故乡，以收藏文物为惟一嗜好。山丹曾是他建立“培黎学校”的所在，在这所学校中艾黎生活了近十年的光景，1943 年至 1953 年。十年西北生活，使艾黎深深爱上了这块土地，故将毕生所藏文物悉数捐赠。我粗粗一观，仅就玉带钩这一专项而言，当得上国内罕见。此外还有大量精美的瓷器、青铜器，以及清代几位名人的大幅画像，如肃亲王豪格、孔四贞、刘墉及乾隆十公主画像等。刘墉即民间传说的刘罗锅子，一位智慧人物型的廉吏，他的画像有阮元题款，殊珍贵。孔四贞画像极大，貌如男子，凶悍霸蛮之气跃然纸上。而乾隆十公主，则貌蔼蔼然如一老妇人。

这批画像疑为不争气的后人所售，因为明摆着是供奉于神龛上的神轴，是乃祖宗的遗像，而非艺术品。只不知艾黎是如何购得的。

山丹有长城，且有汉、明两道长城遗迹，两道长城傍城而过，山丹就在这历史的交汇中显现了别一种怪异的魅力。如果有收藏雅好的人，走一遭山丹，探访一下路易·艾黎富可敌国的惊人收藏，实在是一种缘分。

小城山丹过后，就是著名的嘉峪关了。

在嘉峪关住宿两夜，两夜均有巧遇。先是晚饭后散步，见街头围着一群人，有高亢的秦腔声自人群中扬起，便挤过去瞧热闹。原来是几位乡间艺人，手拉胡琴，在卖艺清唱，唱的是《斩秦英》。两位年轻女子，脸色黝黑，正走着想象中的台步，唱到兴起处，头发猛然一甩，便要得一阵叫好。一曲唱罢，有一半大小子手端盘子来四下敛钱，众人均三五角钱掷入盘中，与我们同行的一位台湾女诗人古月却随手放入一张五十元的大票。小伙子一愣，继而一喜，这已是他们每日收入的一多半。场内立起一老汉冲古月鞠躬，让她点戏，古月却匆匆逃去，其实对秦腔她一窍不通，只是为乡村女子卖力的表演所感动而已。

第二夜大家约定去吃西北风味手把羊肉，说已与摊主谈妥，九时后即到，同行数人到得那处小吃摊前，那一家人正翘首以待，以为我们言而无信——盖因晚到一小时，一大盆羊肉他们正准备自行消耗，故见到我们一群食客自然喜不自胜。送上作料之外，又赠一瓶白酒，摊主为回民，极年轻的一对夫妇。吃肉饮酒之余，大家共叹西北民风淳朴，因为昨晚仅只是口头约定，一无定金二无住地，这对夫妇居然认真买羊屠宰烹煮，一直等到深夜。吃肉时电灯突然熄灭，小两口擎出几支蜡烛，在摇曳的烛光下，我们尝尽了嘉峪关下手把羊肉的美味，也品到了大西北人的真挚品性，虽为商贾辈，亦殊难得。

嘉峪关下有一大块石头，以小石击之，鸣啾有声，类燕子，俗称燕子石。我出于好奇，随意击打数下，果然声音清越，在城墙凹角溅起回声，与春燕翻飞衔食育雏的音色相类，啾啾唧喳，给人一种春意盎然之感。不知是何时何人发现此石，更不知是哪一人首先由击石声联想起燕子的鸣叫。拥有这种想象力的人，应是理所当然的诗人。

无名但有声的诗人。

大西北的嘉峪关，雄浑苍茫之中，又蕴涵着如此之多的细腻深沉，不参透这些，怎能了解大西北？

匆匆一走，浮光掠影，长城是永远的，自然也说不完道不尽，一如中国的古代文明，故而我只拣有意味的印象一一列出。真正的大西北，显然不是这篇小文所能展现的，好在大西北有贾平凹与周涛，他们是那方土地上的当之无愧的燕子石。

塔尔寺记游

曾有人羡慕一位童话作家的高产，询问他写作的要诀，这位童心极盛的作家很认真地回答："逢庙烧香，遇佛磕头。"

我不是童话作家，更非佛教信徒，但也喜欢逛那法相庄严、气派恢弘的寺庙，我总觉得宗教与人类文化的延续关系极大，寺庙也保留下许多集萃艺术精华的珍品。今年 4 月，在南京的栖霞寺，我在藏经楼上看到万卷经书，也看到了位于栖霞寺舍利塔东无量殿后山崖畔的千佛岩，以及那些精美绝伦的雕塑，颇生出一些感慨。以为西天如来的东迁，委实给汉民族的文化保存了一方乐土，否则千百年之后的我们，又如何能窥见当时工匠们的手艺？

这次到青海，有幸参观了著名的塔尔寺，看到了号称"塔尔寺三绝"的酥油花、壁画和堆绣，我再次感受到了藏文化的历史久远，造诣高深。

塔尔寺离西宁甚近，在湟中县鲁沙尔镇的西南隅，汽车开得快，四五十分钟就到了。我去时适逢刚下过大雨，赶庙烧香的信徒不多，但也每每见到磕长头的藏族同胞，在庙门前五体投地地叩拜，十分真诚。塔尔寺在藏语里系“十万佛像”之意，传说黄教创始人宗喀巴出生于此，他的胞衣就埋在大金瓦寺内的大银塔下。埋下胞衣后，这儿长出一株菩提树，上有十万片叶子，每片叶子上幻化出佛像一尊，遂在此地建寺。距今为止，几近三百年了，是喇嘛教的一处圣地。

我注意到几桩有趣的事：一是塔尔寺内走动着许多少年僧侣，大多十三四岁模样，十分勤快地干着杂务。因语言不通，没有攀谈，但他们想必是塔尔寺的“三梯队”无疑。另一件事，是聆听一位藏胞站立殿外虔诚诵经，这是一位老人，膝下一个四岁左右的胖男孩，东张西望，丝毫不为浓郁的宗教气氛所束缚，接过我送给他的一粒口香糖，便眉开眼笑。

我询问老人诵经的目的，他以极不熟练的汉语告诉我，保佑身体好孩子好收成好,保佑“不犯错误”。这后一点使我意识到了“十年浩劫”投在善良人们心灵上的阴影。

酥油花是极美丽、鲜艳的，据说艺人们捏制酥油花，要在严冬腊月间进行。为了防止手指的温度融化酥油，捏制时匠人们的手要时时浸入冰水中降温，结果使许多匠人患有严重的风湿症。我看到这众多的酥油花，看到那鲜润光洁的花瓣、那栩栩如生的神话人物时，分明也看到了艺术家们的艰辛生涯。

小金瓦寺是塔尔寺建筑群中最后的一座。我一进门，就被两旁的壁画吸引住了，壁画色彩鲜丽，人物生动，线条十分粗犷，画面全是宗教故事，又不乏凡人的感情活动，即使画的是古里古怪的野兽,也可看出无名画师们的内在幽默,那些怪兽的面孔,颇让人猜度。

如果说壁画是一“绝”的话，两旁楼栏上的野兽标本更是一个大胆的创举。我从没在任何寺庙见过以动物标本献祭给佛的情况。那野牛头角狰狞，棕熊威风依旧，羚羊、猴子神情如生，它们以皮囊侍奉着佛爷，以生命的奉献印证着佛法无边，对于生物系的大学生们，想必是“标本史”上极其有趣的一段。

出得塔尔寺，便见一条新修的小街，两旁店铺卖着大同小异的货物：藏刀、灯盏、念珠，以及漂亮异常的孔雀翎毛。这翎毛修长，亮蓝色与果绿色相衬，加上一个大大的黑“瞳孔”，显得优雅华贵。据说是从印度、尼泊尔一带进来的货，更主要的是孔雀的翎毛象征着吉祥。

我买得四根长长的孔雀翎，举着这美的旗帜，想象着它们有生命时节在蓝天飞翔、与白云依偎的情景，想象着那绿色丛林中的掠夺与屠杀，心中不禁又烦乱起来。佛的索取是巨大的，有时是人的思想、青春、生命，可人类同样无休止地要求佛的回报，归根结底还是为了自己。正因为如此，才兴建了巨大堂皇的庙宇，高大金色的佛像，也才拿众生灵做供奉。孔雀们是这样，那羚羊、棕熊、野牛们又何尝不是如此？！

我觉得手中的四根孔雀翎毛，顿时变得沉重起来。

司马台的砖

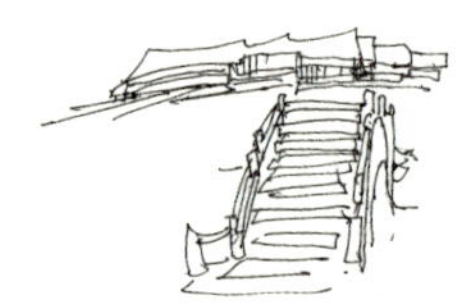

正是清明时节，然而无雨。无雨，自然便没有“欲断魂”的行人。

但塞上的风很猛很烈很嚣张，仿佛要把积郁了一冬的怒气全发泄出来。我们一行人就这样登上了司马台的长城。

顶着风攀缘，长城很新又很古老。新的是两年前刚修复的烽火台，青色的砖，青色的阶梯，青色的垛口；老的也是烽火台，破败、坍塌，风化了的烽火台，赭色的砖、黄色的阶梯，瞭望窗上残留的木头。苍凉与悲劲的感觉，就在这新老交替的印象中反复叠印着，可猛烈的长城风不许你思忖这些，你不得不继续向上，向上。

检点平生，到过八达岭的长城，那长城雄奇壮伟，令游人叹为观止，乃中国长城这堵“老墙”的门面所在；还到过山海关的长城，那长城除了坚固之外，沾吴三桂与孟姜女的光，给游人许多发思古之幽情的余地。除此之外就这司马台了。

司马台，名称里透出一股封建气息，它傍邻太师屯，一司马一太师，拱卫皇帝是责无旁贷的。我向背砖修复长城的农民们打听这名称的由来，原来此处为宋朝三关名将杨六郎养马之地，乃“饲马台”

之误。杨六郎究竟在这里饲过马没有已无从考据，但戚继光在这里督筑长城却是真的。

我们登到第四座烽火台，拐角处的一块砖上隐约刻有字。细细辨去，是“万历伍年造”的字样。我抚摸着这块古老的砖，第一次摸到了那戍边士卒的坚硬灵魂，他把自己砌进这古墙里，就再也不肯抽身出去。

我们继续攀登，越过第五、第六座烽火台后，我惊喜地发现刻有字的长城砖越来越多，有的砌进墙里；有的断裂，堆在路旁；给人一种俯拾皆是的感觉。

这多少有些冲淡了我最初相逢时的惊奇感。我仍想辨认出那造砖工匠的名字，渐渐地，我认出有的砖上是“石X”，有的砖上是“X路”，合起来是“万历伍年石XX路造”。字是宋体，显然是刻成模具后印在砖上的。“石X路”，中间一个字无论如何也认不出。我上下左右地寻找着字砖，急切地想认清全貌。司马台的砖和我逗闷子，整砖也罢，断砖也罢，就是不肯泄露天机。我只好再向上爬去，路已经十分难走，去年的酸枣刺硬硬地拦在小径上，衰草尚未泛绿，塞上的风尽管热烈地鼓噪，春意似还离得很远。

在第七座烽火台畔，我们驻足，大喘气，说些鼓舞士气的话。我把目光随便掠去，猛然感到眼前一亮，一块字砖清晰地昭示在我面前，上面镌刻着全文：“万历伍年石塘路造。”“石塘路”，中间是一个“塘”字！是人名还是地名？不得而知，我只知道在清明节的下午，在司马台的古城上，它引着我、伴着我登上了一座又一座烽火台。

我想象着他是一位工匠，一位自豪的工匠，在烧砖之前，把自己的名字同皇帝的年号一道印在湿软的泥砖上，然后放入火中烧制。

炉火映着他粗糙的脸，烤出一层油汗，然而他笑了，笑得惬意，笑得舒坦。石塘路，你这条好汉！让我找得好苦。

长城砖，有字的长城砖，戚大帅生前检点过、抚摸过的砖，珍贵无比而又俯拾皆是的长城砖。我想起北京市文物局长告诉我的一个故事：一位法国人出资二十万法郎赞助修复长城，我们回赠他的礼物——一块长城砖。

这块使法国朋友如获至宝的长城砖不知有字没有。

假如是“万历伍年石塘路造”的，我想那法国佬儿赚了，真赚了。二十万法郎，数目是不小，可仍然有价不是？

拿有价的钱换无价的宝，谁赔谁赚一目了然。

怎么跑了题，扯到文物上面来了。我坐在第八烽火台那迹近坍陷的台阶上，胡思乱想着。不过我想得更多的是明王朝的统治者拿长城当原子弹，倾尽国力财力人力物力修起这堵老墙，还没怎么明白过来呢，就让满洲的八旗兵给夺了天下。

你说冤不冤？

真想和那位叫石塘路的汉子聊聊天。古长城上没别人，这么清净的地方可太少太少了。清净加上荒凉，配上苍劲的塞风、摇曳的衰草、成堆的残瓦断砖，由不得你茫然四顾，黯然神伤。

告别司马台时，一只昏鸦冷冷地飞过来，它的窝、它的伙伴们的窝，就依附在古长城的烽火台上。暮色里，我发现它分明是长城的精灵，驮一背夕阳残照，沿霸王龙戟立的背脊游弋、游弋……

烟雨秋风司马台

惊！险！奇！

从司马台长城脚下购得一份《密云旅游指南》，编者匠心独运地标出了上述三个字。

我本不以为然。因为导游地图历来夸张，以诱人上当为能事，何况看景不如听景，卧游天下其实是极惬意的事。

然而毕竟忍不住诱惑，重走司马台。

重走司马台，是在一个秋雨绵绵的上午。记得初走司马台，是春阳和煦、暖风如醉的下午，那一次我激动异常，因为意外地发现了许多有着古人笔迹的长城砖，那些砖砌入长城垛口，静候我于五百年后，给我以久远的问候。结果是促使我写下一篇散文《司马台的砖》，并就此成为司马台长城的忠实崇拜者。

重走司马台，自然与初走有极大的关系，而且不仅是我一人前来，我所供职的杂志社几乎倾巢出动，高龄者如冯牧老人，也兴冲冲踏访。司马台这一日以宽阔的襟怀容纳了我们，似乎仅只是我们这一群。

游人稀少，其实正是司马台长城的魅力。

人少，加上秋雨自高天飘落，使司马台长城渐渐笼罩上了一层朦胧的色泽，远山如戟，近峰似刃，如戟似刃的锋利，割不断绵绵秋雨。匆匆出门，大多数人未曾备得雨具，年迈如冯牧者，体弱如张凤珠、贺新创者，便自动放弃了登攀，把那份豪迈那种激越留给了我们。举头望一眼高处的山峦，再踏踏足下陡峻的栈道，大伙陡然兴发，呐喊一声，竞相登高，感到与一群办公室伙伴野上一回疯上一遭大不易。

雨渐稠浓，在烽火台中歇脚，头发都可拧出水来。一歇，寒意从古碉堡的隙处袭来，那风都有远古的凛冽。不敢久驻，继续攀缘，过一截边墙时，我猛然意识到雄伟的万里长城在司马台这处所在，已不知不觉转换成农舍矮墙的形式。这矮墙在绝高绝陡的山脊，切割塞内与塞外，倘若它在一马平川的平原，挡不住胡马一跃，耐不住马蹄一蹴，然而在这山脊上，居然成为无敌之屏障，实在是占尽了地利之便。

沿边墙的山径行走，四周是青青的酸枣树，小且圆的酸枣顶一头露水，候在路旁，伸手撸一把，填入嘴内，感到鲜美若苹果，甘甜赛香蕉，于是才发现饿得不轻。

无水，无粮。雨中，我们凭一股锐气攀登司马台长城，前面烽火台一座连一座，有的隐在雨中，有的闪在树影，据说更高处的风景绝妙，有云梯有仙泉还有别的景致，然而我们的脚步却渐渐慢了下来。同行者陆续落伍，或因雨淋，或因饥饿，或因劳累，我们像一支梯队，更像一枚火箭，一级一级向云雾深处推进着。到得最后，仅剩下最勇猛的三人，奋力向前，成为火箭的箭头，我们举目为他们送行，希望尽快到达那传说中的云梯，然后一同返回。

坐定于古堡的残堞，有人散发口香糖，每人一片，贪婪地咀嚼着稀薄的糖汁儿，愈感饥饿。风更大，被雨淋湿的衣衫贴紧躯体，寒意从心头沁出，驱赶得你不敢久坐，四下里寻找古代戍卒的遗迹，寻找那“万历伍年石塘路造”的古砖，居然比比皆是。在秋雨中，古长城砖无比坦然，它们经历的风雨太多太多，偶尔的一场小雨，不过是记忆中的一点湿润而已。在古堡与古砖中间，我们的寒冷、我们的欢乐、我们的饥渴，究竟有几多价值？似乎不太大。于是匆匆逃下山去，路更滑，有一失足成千古恨的危险！小路旁就是陡立的石崖，云在崖畔飞掠，给你一种苍茫的问候，但又提醒你注意,别跌入云的怀抱,否则可真不敢想象。只有路旁的酸枣热情依旧，听凭我们大把掠食，将枣核一路吐出，或许明年春日，这枣核会生根发芽，生长出一株又一株碧绿的小枣树吧！

应该说我们是幸运的，尽管跌跌撞撞，却没有人失足落崖。秋雨依然下个不停，到得山脚，回望一眼高处的烽火台，真不敢相信自己刚从那云里雾里冲下。司马台长城空无一人，雨丝缠绵，很快会洗去我们的足迹，秋风凛冽，将荡尽我们一行人的笑语。我们把司马台长城骚扰了一番，但愿老长城能原谅我们的顽劣。

秋雨中游司马台，真好。

金川三日

金川三日，准确点说应为金昌三日。可惜人类的记忆有先入为主的特点，每每让我把金昌混同于金川，事实上金川更响亮，就我个人而言，对“川”的好感远远超过“昌”，譬如我在十几年前为自己未出世的孩子命名，男孩便为高川，可惜未能遂意，所获仅是一个丫头。高川没能面世，为补偿心理上的缺憾，给自己取一个近乎久远的笔名——向川。这笔名伴我写下数十篇通讯、杂文、随笔，由此可见“川”之诱惑大矣！

金川印象之深，源于两个人两句话。其一是我中央党校的同学、一位有色金属战线的老战士袁则平，他曾在金川工作过十二年，后调回江西的贵溪冶炼厂任党委书记，他的工厂拥有世界级的冶炼设备。我在一次闲聊中向则平打听金川，则平眉飞色舞地说道：“金川是个好地方，企业文化搞得极出色！”

另一个人则是杨金义，金川有色金属公司的经理。在兰州宁卧庄宾馆我们相见，金义介绍金川，介绍腾格里沙漠南沿这座镍都的诸多情况，他口中轻松地吐出一连串数字，数字背后是沉甸甸的贵重金属。对于数字我从来以抽象对抽象，但我捕捉住了杨经理的一句话，他说道：“戈壁滩上建起的金昌市，十万人口。当年仅三户人家，当时的砖与木头全是一车一车运来的，因为农民们不会烧砖。”

运过来的城市。

这就是我对金川的最初印象。

金川第一个早晨便极富诗意，这是一个湿漉漉的、闪烁着绿色光泽的黎明，沿龙首山庄的小径散步，恍如进入一个硕果累累的果园，一座鲜花盛开的园圃。波斯菊与大丽花将清丽的微笑呈现给你，枝头的梨与苹果将甜津津的诱惑发放给你，大片的绿草地坦然地迎迓着戈壁的朝阳，有无名的鸟声洒落在耳畔，继而又俏生生地冲天而起，让你精神为之一爽。

更爽神的却是科技馆。

一位中年汉子与我们握手，由于排在后面，我没听见对他身份最初的介绍。这是一个高身量的东北人，手持一根小棍儿，如数家珍地将金川的历史、现实与未来一一叙说，声音沉稳，神态自若，叙述中有科技工作者的精密，也有领导干部那种高屋建瓴的概括，我默默猜测他的真实身份，突然浮起一个名字：杨学思。对，他肯定是金川公司的党委书记杨学思。这名字好记，张学良张少帅的弟弟叫张学思，一字之差，在兰州宁卧庄宾馆的座谈会上，我就记牢了的。

我的判断果然不错。因为很快在一幅大照片上我看到了他与杨经理深入矿井的镜头，继而又是陪同领导视察的情景——杨书记如同一个尽职的导游般将沙盘上的金川公司各分厂一一介绍。偷一个空隙，他刚讲完即将投入生产的了不起的闪速炉，我问他可曾认识贵溪冶炼厂的袁则平，杨学思笑着点点头，说他们冶炼厂的设备够先进的。不过这仅只是瞬间，很快学思又进入正题，愉快地谈起金川的二期工程，谈起工业维生素——镍的火法冶炼工艺与湿法精炼工艺，听杨书记讲金川，又是在科技馆里，在模型、沙盘、照片及图表中间讲述金川公司的创业史，你没法不感到精神一爽。这是大工业、大企业的金属的回声，也是中国人民向贫瘠进行挑战之后胜利的朗笑。我注意到一个老牧人的故事，正是这老汉当年将孔雀宝石交到祁连山地矿队，借助这几块美丽非凡的石头，一下子勘测到了特富矿，可供开采二百年的特大富矿，从某种意义上说，这老牧人不正是我们的幸运之神吗？！在他将孔雀石颤巍巍地抱给地质队员的刹那，一座气派不凡的镍都便被静悄悄地奠基，老牧人，你在何方？

在随后的两天，我不断见到东北汉子杨学思。他是锦州人，距我的故乡科尔沁草原极近，算得上是小同乡，也因为如此，学思出了个难题给我，让我与他的金川公司文化精英们在第二天的夜晚共同主持一场联欢晚会。晚会选在五彩城，一处极辉煌的所在，我的临时伙伴是金川笑星黄钦、漂亮姑娘顾玮，串场词全由勤奋的黄钦提供，我与顾玮所做的不过是各自报一下节目。顾玮报的是金川公司文工团精美的舞蹈与独唱,我报的则是作家代表们即兴式的节目，歌星是蒋子龙和杨匡满，还有擅唱《花儿》的李云鹏、歌喉浑厚的台湾画家李锡奇。

这是一场专业对业余的联欢晚会，总策划自然是杨学思，一个不动声色的党委书记。

正是在这一天，在金川五彩城的晚会上，我理解了袁则平在中央党校时的评价，金川的企业文化的确生机勃勃，水平属一流的。听歌手们的演唱，看舞蹈演员们表演的歌舞，再进入旋转迷离的舞厅，与金川姑娘们翩翩起舞，你会意识到自豪感洋溢在金川人心中。这种自豪感，不正是一个企业赖以生存的精神支柱吗？

金川三日，有两日属于金川，属于矿山、矿井，以及金川的开发者与建设者，余下的一日属于金昌，属于文艺界的同行与朋友。事实上金川与金昌密不可分，先有了金川公司，继而才有了金昌市，金昌市的各级领导，大多来自金川公司，“大企业，小社会”，一种典型的金川现象，这种现象同样适用于甘肃的白银市和嘉峪关市，在近代都市史上，美国的旧金山也属于这一类城市。工业文明的兴起，带动了并催生了城市文明，企业的工人同时也具有了市民的身份，故而在金川的最后一日，蒋子龙向金昌市文艺界朋友们说道：“金昌属于未来，它雄奇、雄浑、雄飞、雄视，离不开一个‘雄’字。”

蒋子龙讲罢，东道主将我们一行人导入金川公园，公园里有大西北最大的一座人工湖，且有颇具草原风情的裕固族帐篷。在帐篷里我们环坐四周，饮奶茶、喝烈酒、吃手抓羊肉，还接受了裕固姑娘的哈达、小伙子的歌声。那一刻我们都有些不胜酒力，由大工业场景转换到草原牧场，背景推移太快，我又产生了初到金川打乒乓球的错觉，似梦非梦，歌声响在耳畔，羊肉香喷喷地置放眼前，脖子上是柔软的哈达，面前晃动着裕固小伙子英俊的脸庞和一把巨大的铜酒壶，于是，不知不觉微醺起来。

同行的伙伴们酒意似乎比我更浓，当暮云四合的时刻，大家步出帐篷，踏着欢快的乐曲，手拉手地跳起了即兴的舞蹈，我注意到蒋子龙跳得最为投入，他与裕固小伙子对舞，肩膀斜斜，手臂平伸，姿势颇类蒙古族的雁舞。

一个充满情趣和欢乐的黄昏；

一幕迷醉又撩人情思的场景；

一次踏歌踏舞踏得地动山摇的原始部落聚会；

一番祁连山下戈壁滩上的远古梦寻。

大都市的梦遗落在草原，草原的梦复原于金川。金川，金川，感谢你赠与我们这宝贵的一切，大戈壁上神奇的镍都，可爱而又淳朴的朋友，何日再相会？

感谢金川。

> 1993年8月在甘肃接受兄弟民族的祝福

拾果云蒙山

人生中有许多事可遇而不可求，专门去拜谒什么名士或名山，要么名士不在家吃杯闭门羹，要么名山仰之弥高者太多，挤得你无法靠近，于是这种“专门”显出了几分无奈，你悻悻地后退，后退时才突然悟出“后退一步天地宽”的道理，只可惜晚了点。

云蒙山就不是这样。

云蒙山无甚大名，但这“云蒙山”三个字引起人联想，一是云雾山，一是乌蒙山。这两座山，前者系剿匪影片《云雾山中》的虚构，实景地在贵州；后者语出毛泽东“乌蒙磅礴走泥丸”，也在云贵高原，一卧千年地显示高山的永恒。

由于这两座山的知名，让“云蒙山”沾了不少光。其实云蒙山就在我们身边。从前是密云县林业局所辖的一处林场，这个“从前”不太遥远，也就是前年，即1992年，再往后就变成“云蒙山森林公园”。从北京东直门乘车，过怀柔，走京丰公路，一个多钟头就抵达目的地——本文讲述的云蒙山。

云蒙山地处密云，这对她的走出尘世不甚有利，因为密云有黑、白二龙潭，有司马台长城，有京都第一瀑，这些风景早占据了人们的心，让别人移情别恋，还真不易。因此云蒙山养在深闺无人识，只好寂寞地小姑独处。

我们接近云蒙山是一个湛蓝的秋日，先听林业局的朋友介绍，知道云蒙山已被高人命名为“小黄山”，计有六大特色，即峰雄、石险、潭奇、瀑秀、云幽加上林旷，六六大顺，于是吃过午饭立马登山涉水，以求一览美景。

东道主却说别忙别忙，每个人最好带一个包，山上有极好的景致，还有极好的果子，红果，随便捡。

云蒙山主峰高一千四百一十四米，我们只能高山仰止，凭现今的体力，决计不可能在一个下午登峰。不可能的事索性不去想，大家信步前往，先走山径，再走水程，一座座清幽的水潭，如净身池、虎穴潭，被我们一闪而过；一块块如狮如虎的卧石，被我们跳跃攀缘；有白杨林和芦苇丛迎迓而来，白杨笔直，秀美中有一种凛然的气质，只是奇怪山间生存着大片芦苇。暮秋时分芦花已枯黄，随山风而摇曳，带给人一缕怅然几星疑虑。

当一头汗水凉津津提示你小憩时，一处“寨门”到了。进寨，有一株数百年的老榆如黄山迎客松般枝干舒展着，探出的手臂几达二丈，树干嵌着三个字：“娘娘榆。”

一个母系社会崇拜的树神。老榆身系一串又一串彩色小灯泡，到得夜间，这彩灯当是她绝美的珠串首饰。

老榆身后是红果林，累累果实悬挂在晚秋的枝头。由于近年间红果身价暴跌，北京农贸市场上，不过五角钱一斤，所以云蒙山的红果尽管质地优良，却再也无人采摘，听凭风吹雨打，零落成泥碾作尘，于是有了本文的题目：拾果云蒙山。

置身红果林，不敢举足，因为脚下是地毯似的红果，不小心就会踩上。我们小心翼翼地蹑行在果树下，惊喜万分而又无比贪婪地捡拾着天赐之果。我们无暇旁顾，只希望自己能发现一枚硕大无朋的果王，结果很快发现这是一种奢望。因为红果大小相差无几，不一会儿就眼花缭乱，辨识不出大小。

有一位顽皮的同伴倚树，顺手一晃，红果竟如大冰雹般从天而落，满地是“噼噼啪啪”的闷响，间或有红果击打我们头顶的跳弹，以及由此引发的惊叫。一摇过后，遂有了二摇、三摇，无数摇，满地红果显得愈加密集和新鲜，大粒的嫣红色的红果童话般落满你身前身后的土地，你只好坐在地上左右捡拾，左右捡拾即左右逢源，在手臂所及的方圆一粒粒捏定红果，你会感到一种不可思议的际遇，这际遇是一个都市人梦寐以求的，是人与自然的一种熨帖，一种邂逅，一种突如其来的收获赠与的惊喜——当然还有游戏的快感。

坐在地上再起身，发现裤子上竟被几枚红果洇染成了红色。

满地的红果，就这样，以深秋云蒙山的主人身份，极慷慨热情地款待了我们。下山时，每个人的行囊里都显示出了另一种沉重，踽踽前行，红果们窃窃私语，我隐约听出，是嘲笑着我们无节制的贪婪。

前面的路很远，肩上的包很重，包里是不值几文的可爱的红果们。暮雨竟也来凑热闹，淅淅沥沥，打湿了身边的树木，打湿了我们的衣衫。背包更重了几许，可没有人肯放弃自己的收获，因为，云蒙山的礼物，虽然菲薄，可拾捡红果时的欣喜，却是千金难买的。

云蒙山，好玩兼好客的一处所在。用一句广告语言:妙不可言。尤其是摇晃红果树，聆听红果落地的噼啪声，简直接近于欣赏天籁……

金陵走笔

南京走过多次，多次走的南京，印象最深的除了一群有意味的朋友，别的还真不知道该说些什么。

南京太古老，也太博大精深。“金陵王气黯然收”，王气收的时候是晋朝，到得明代那王气又升腾了起来，所以逛南京每每让我产生错觉，以为一不小心又溜达回了北京。正南朝北的通衢大道，雄伟的王城、中山陵，加上了不起的雨花台、洗尽粉黛因而积淤太多历史沉淀物的秦淮河、逛不够的夫子庙、极易让人发出思古之幽情的灵谷塔，以及太平天国遗址、国民党“总统府”……怎么说呢，在南京踏访是顶考验一个文化人的智商高低与功力深浅的了，南京是一册厚厚的史书，等闲翻不过去，也读不穷尽。

南京名士名流名家，平均走三步能撞上一个。盖因为人文景观太密集，随便一个人便能舞文弄墨，吟得好诗，下得好棋，又写一笔好字，这没办法，南京人得天独厚。有一年我去逛夫子庙，在一家字画店里徜徉，意外地发现了一批老军人们的墨宝，他们的身份本是赳赳武夫，到得驻防金陵，得其地气之便，于是数载之后而持笔，且像模像样得很，这就是文化的伟力所在。有刻薄者说是附庸风雅，其实能附庸风雅总比仇视文化要好得多，正如再微弱的建设也远胜于破坏，即便是伟大的破坏。

南京的风雅之处太多，容易给人以潜移默化的影响。也正因为如此，我数次走访南京，归来不敢写下一篇关于南京的文字，“眼前有景道不得，崔灏题诗在上头”。南京是迷迷茫茫浩浩荡荡的一团朦胧，南京同时又是错综复杂变幻莫测的一座迷宫，别轻易让你的思绪走进去，免得贻笑大方。

南京终于给了我一次机会。

这机会垂挂在几株玉兰花树上,每一个清晨吸引我去驻足观赏。南京的玉兰花又大又洁白，有玉的风韵和兰的香洌，每一朵都有茶杯大小，望上去分明是羊脂玉雕就的一朵朵惊讶、一瓣瓣痴迷，还有一缕缕的晕眩。南京的这几株玉兰花树较之北京颐和园的那株名花，丝毫也不逊颜色、不让清香。它们谦虚地挺立在一家招待所里，给每一个留驻南京的游人送上无数梦幻般的清晨与黄昏。在白玉兰下散步，端的是有误入琼楼玉宇之感觉，如果此时此刻嫦娥从树后闪出，向你舞动她那有名气的“广袖”，并以流盼的目光展示仙女的妩媚的话，我敢说，没有人会感到突然和吃惊的！

这就是白玉兰给我的印象，也是南京花木们赐予我的一次千载难逢的机缘。

如果说白玉兰代表自然界说话，灵谷塔的出现则具有了某种人文景观的意蕴，我仅登过一次灵谷塔，登上灵谷塔才发现四野空旷无比，也才更深刻地领略了“江南佳丽地，金陵帝王州”的含意。从九层高塔上眺望虎踞龙盘的紫金山，俯视六朝古都隐约可见的城墙，会油然生出一种历史的沧桑感。在平生仅有的一次登塔中，我还得知，“文革”中一位有名的文史专家、曾国藩的后人从灵谷塔上纵身跃下，结束了自己的生命。

历史无语，阅尽人间沧桑的金陵无语，灵谷塔自然更不说破什么。但那一次登塔给我留下的印象委实深刻，尤其当时与一批文人登临。内中一小说家颇浪漫，手捻一纸蜻蜓，从高塔向下放掷，纸蜻蜓被气流托住，旋转着身体，缓缓地飘游于柳的初绿、桃的乍红里。他的行动引发大家的兴致，于是纷纷觅纸条制纸蜻蜓，一时间灵谷塔上纸片如雪片，笑声赛雷声，大家在刹那间都变成了顽童，恢复了自己的童真。

其时为 1985 年 4 月，中国作协“四大”刚刚结束，执文坛牛耳者们专程到南京颁发三项全国优秀作品（报告文学、中篇小说、短篇小说）奖，为一时之盛事。作为记者，我有幸同行，并写下札记若干，那一小说家为获奖作者，他于灵谷塔上放纸蜻蜓，曾成为我的一则札记内容。如今他杳如黄鹤，放纸蜻蜓者，亦成为大千世界放掷的一只纸蜻蜓，岂不是造物主的另一种安排?

所以说命运真是不可预测的黑洞。

金陵是博大精深的一处所在，它既有南国的细腻委婉，成为江南形胜的代表，又富北地粗豪之气，所谓的“金陵王气”，大概正是这二者有机的结合。昔日我远在云南从军,军营附近有“营”“哨”“所”命名的村庄若干，村民们虽已成为滇中土著，然每一谈及祖先，均以金陵后裔自居。曾有一老农在酒酣耳热之际向我泄密，称自己乃南京人，祖先在明初随沐国公而来，出征前的住处为“南京柳树湾高石坎”。他的叙说里满含莫名的惆怅，为自己明朝迁徙远别的金陵故土，洒落下几个世纪的离愁别绪。

不知南京是否有“柳树湾高石坎”，也许是昔日沐英率军出征前的誓师地或集结地？这是二十年来萦绕在我心中的一个谜团，或许有方家能赐教于我，以释此疑。

若如此，则幸甚。再走南京，我一定代表那恋旧的老农去走访，不过，那是注定遥远的一桩事了。

> 1986年作者高洪波与女儿丫丫参观某此画展

大戈壁

车奔敦煌，奔向那艺术的圣殿。

圣殿未到之际，先是戈壁滩、祁连雪以一种亘古的沉寂和冷静迎迓我们。祁连雪在天际白得如玉如银，偶然有云拂拭那白雪，反衬得雪峰愈加洁净，远远地凛然傲立着。

没有一抹绿色，没有一声鸟鸣。有的只是黄色的沙丘、黑色的戈壁。古长城在不远处蜿蜒，如一列脱轨的列车。历史的列车，失去了车头的牵引，就这样在岁月的沙尘中，一卧千年。进入敦煌路，就浑似无意中进入了苍凉的历史画面，你本身也成了大漠瀚海中的一粒微不足道的尘埃——会思考的尘埃，仅此而已。

有孤烟一缕升起，远远地望去，以为是大漠上的孤旅燃烧的炊烟，是驼队或马帮的生命信号，心情顿时无端兴奋起来，有几许温馨在胸腔弥漫。且慢，且慢，孤烟不断升起，在远方时的神秘竟渐渐移近，左右均有烟雾，哪有这么多的驼队？不远处又浮起一股，这烟起自于平白无故的沙丘，就这么旋转着，由细变粗，由淡转浓，“大漠孤烟直”的谜底，原来是一种旋风产生的热气流效应。

心头的温馨顿然消释，转而为童年时的记忆取代。那是一种何等顽皮的童谣："旋风旋风你是鬼，十把镰刀砍你腿。大刀不快小刀快，一砍砍你十八瓣儿！"迷信加上恐惧，使我背诵下制伏旋风的口诀，至今记忆犹新。故乡科尔沁草原有沙沼若干，地形地貌与这敦煌路上何其相似乃尔？借助于大漠旋风制造的孤烟，卷舒自如，我走了一遭童年。

大漠孤烟此起彼伏，挺直且透着倔犟，或许真的是远古逆旅不甘沉寂的灵魂，一而再地显示着自己的存在。在河西走廊上，昔日丝绸之路的驼铃声声，消失得如此彻底，究竟是为什么？

骄阳如火。大戈壁的太阳热烈如西班牙女郎。为什么是西班牙，而不是意大利或巴西？不知道，也许怪唐璜先生的挑逗和卡门女士的行为方式吧！西班牙女郎式的太阳让你无从躲避，将旅行帽宽大的帽檐提供的一点阴凉，紧巴巴地敷住眼帘。继续往窗外窥视，突然眼前一亮：路旁左前方百十米处，有绿荫环绕的白杨林，波光闪烁的一条小河，仿佛正由肥大的鱼儿泼溅出银子般的水声，凉爽顿时由视觉转换为知觉，进而达成全身心的舒坦，忍不住惊叫一声："快看，好一座绿洲！"

司机却冷冷地，真的是冷冷地掷一句冰箱里掏出来的话："那是海市蜃楼。"

瞪圆眼，死盯住那波光树影，企盼现实能证明自己的眼力，企盼车到那方水草肥美处去洗脸冲凉，小憩片刻……车子直驶过去，前方如梦如幻，真的一无所有。明明白白瞧见的景物，竟瞬间散失。眼前除了黄沙便是戈壁，如大漠孤烟一样，海市蜃楼迎接了我也戏弄了我。然而我仍然兴奋无比，毕竟，从审美的意义上，我体味到了湿淋淋的凉爽。

大漠的太阳依然热烈，海市蜃楼稍纵即逝，没有这热烈的烘烤，海市便不可能呈现。况且，绿洲的存在是海市蜃楼的依据，从这个意义上说，虚无缥缈的幻影，内里是唯物主义的另一种存在的方式。

敦煌已然不远。未见莫高窟，先观赏一下大戈壁表演的魔术，谁说不是一种艺术的因缘？正沉吟间，又一座绿洲在前方隐现、浮动。驾驶员依然冷冷地掷出一句话："敦煌到了。"

松花江上

《我的家在东北松花江上》，一曲悲歌把我们引向国破山河在的历史，松花江从此成为一种象征，流亡者的象征。伴随这条大江的大豆与高粱，香喷喷的，也引发了无数人的馋虫与愁肠。

我是东北人，吃高粱米长大的。高粱米不如大米好吃，这是不争的事实；可是夏天吃一碗高粱米水饭大葱蘸酱，保你暑意消尽气足神完。何况高粱米可以酿酒，酿极香醇又极浓烈的美酒，莫言的小说《红高粱》中有精彩的描述。他说的是山东高粱，不过我怀疑是东北品种，闯关东的汉子背回去的。另一个例子发生在不久前，我走访台湾，喝台湾顶著名、顶贵重的美酒“金门高粱”，一瓶价格高达八千台币，相当于两三千人民币，味道与东北烧酒略似。再到金门走访，才知道金门高粱的故乡在东北，是当年驻守金门的胡琏带去的。

东北的高粱，长在金门，长成一片醉人的风景，你说绝不绝？！

继续松花江的话题。

首见松花江的尊容，在吉林市的中心——这条大江雄阔地流经人参与梅花鹿的故土，使土地蒸腾着一股营养身心的气息。从洗衣女子口中知道，用松花江水漂洗衣物，可不用或少用肥皂，照样洗得异常洁净，因为江水含碱。

好样的，迷人的松花江。

第二次再见松花江，感受就不一样了。这一次与松花江相见换了地方，改在哈尔滨，时间也不再是太阳高照的中午，而是夜晚与两位朋友租一叶扁舟，趁月色游江，雅甚！

这两位朋友均为南人，一为福建曾镇南，一为广东傅活，可惜却不会操舟弄桨，反倒由我这名北方佬来充当舟子，这本身就有几分滑稽。更滑稽的在后面，当租得一只小船划向江心时，由于清风徐徐，大江稳流，我竟然忘记了所处的环境，恍惚觉得是在昆明湖，停桨观景，纵情谈论，及至小船顺流而下，快抵达下游一座大桥时才翻然猛省！

于是赶快打起精神逆水行舟，扭脸一看，又见到“主航道危险”的航标，向出发地眺望，隐隐地有几分遥远和模糊，江雾腾起，裹住岸边灯火，显示着另一种闪烁的焦灼。上游驶下一艘巨大的客轮，鸣着汽笛，仿佛提醒我们赶快让开水路。正紧张时，松花江上的蚊子赶来凑热闹，拼命叮住我暴露的身体部位，肆意骚扰。我不敢挥手，也抽不出手来驱蚊，任它们在耳朵、脖子上起落，及至划到岸边，才发现已是大包小包隆起如坟，而手心早磨出一个血泡，印证着与松花江波涛抗争的不易。

哈尔滨之夜，夜的松花江，那大江的沉静，以及沉静里暗藏的暴烈，都留给人难忘的印象。尤其难忘的是江上的蚊群，它们怎么会那么机智与顽劣？偏偏趁我双手无法挥动时赶来袭击——由此可见松花江不凡，江上的蚊子也具有相当高的智商。那一刻我真的感到人类的无能，不光是在大江的澎湃激流中你十分渺小，就是在大江繁衍的小小昆虫面前，你照样有一种悲凉的无奈。

只是古人云“流水不腐，户枢不蠹”，松花江上那一夜突袭我的蚊群，是怎么滋生的？一个不解的谜。

松花江的夜，真的很美，很美。

武夷夜唱

四周的山很静，树很静，因此夜色也很静——因为夜色浓黑如宿墨，伸出手只摸到清凉的迷蒙。

深一脚，浅一脚，我们沿一条小径走向前方。前方据说有一片美妙绝伦的草坡，到那里夜坐聊神谈鬼，是一种天籁和雅趣。

在一片混沌状态中，我们管自走着，凭一种信赖，一种直觉，向浓稠的夜色里踏去。眼睛渐渐适应了武夷这暗夜，草坡便到了，天上无星，脚下有溪水流泻，夜不再遮掩什么，四周便有了几分亮色。适才出门时的关于神鬼聊斋的无端恐惧，自然也随夜幕透出的光亮而消隐。

消隐只是暂时。这环境太幽静太深邃也太清冷，一位来自台湾的画家李锡奇提议唱歌，他拒绝谈鬼，并且自称胆子很小。于是我们一股脑儿地响应，感到午夜时分坐在武夷山大王峰下唱歌，远比讲鬼故事来得潇洒。谁也不想自己吓唬自己。

这是一群大陆与台湾的作家艺术家自由而偶然的组合，由福建作家协会副主席袁和平领衔，散文家兼诗人朱谷忠协助，从北京邀来张守仁、应红和我，台北则由版画家李锡奇邀来诗人兼画家楚戈、老诗人商禽、《联合报》副总编唐经澜、版画家钟有辉，还有一位在美国攻读艺术史的女大学生陈虹，一位女书法家游琼瑛，组成了一个纯民间性质的武夷旅游考察团。到武夷的第一天晚上，便形成了这么一个不得不唱的氛围。

全怪袁和平的建议。

和平是我们的偶像，他说，那草坪有味道，值得夜坐，我们便群起响应。可惜诗人兼画家楚戈刚刚出发便跌了一跤，半路悻悻撤退，只剩下老诗人商禽顽强地追随着我们，像一员跋涉于草原的军驼。很快他就一脚踩空，扭伤了右脚，可是商禽这位以《用脚思想》一书而著称的诗人毫不气馁，只是淡淡一笑，说谁叫我非要“用脚思想”呢！

走，走到草坪。坐定，开唱。我们请始作俑者袁和平先唱。

他唱了一曲自己在锡林郭勒草原放牧时的幽默歌曲，大意是上海产的半导体多么多么好，音调悠扬，颇有草原韵味儿，赢得一片叫好。继而是朱谷忠唱闽南小调，钟有辉唱台湾民歌，李锡奇唱金门乡谣。

独唱完毕，陈虹提议合唱，于是大陆歌手们先唱“一条大河波浪宽”，继而唱“十五的月亮升上天空”，雄壮而齐整，显示了一种对合唱训练有素的整体把握；台湾歌手们不甘落后，唱了一曲怀念故乡的台湾歌曲，曲调柔婉低回，别有一种南国风味。

一曲唱罢，静场。身后突然有灯光闪烁，回头一望，才知我们的夜半歌声惊醒了附近的住户，户主人可能正出外探视、聆听。

灯光亮而复熄，夜色却不再浓重，天边隐隐透出些许月色，脚下的溪水声音显出了几分欢快，大概是受到我们一行人歌声的感染。

意兴渐阑珊，有人提议请大陆朋友们唱一唱《义勇军进行曲》，获得一致响应。于是向夜色里宣告："起来，不愿做奴隶的人们！把我们的血肉，筑成我们新的长城！"歌声整齐有力，大家仿佛回到那久远的民族危难的战场，用一曲悲歌，力挽狂澜。

血毕竟浓于水。

武夷山的夜，好静好静。

初踏武夷的一群游子，向这静寂里投入一声又一声心底的歌，一半为了感激，一半为了宣泄。从繁华的城市走到这武夷山中，不就是为了从山色岚气中觅得几星灵感、几缕诗意吗？！

向茫茫夜色、耿耿长天一倾歌喉，有大王峰和九曲溪在听，有林涛与竹韵在和，又是多么难得的意趣？！

此时此刻，此情此景，纵使五音不全如我辈，也情不自禁地成为一名超一流的歌手，坦然自然悠然地唱出一支又一支久违的歌。

我曾企图寻找激情，可是这种企图一次次落空。毕竟人到中年，四十而不惑，见多识广，曾经沧海难为水，凡事冷静多于热烈，故激情难觅。但在武夷夜歌的一刹那，我感到胸中有一股陌生的热流在涌动，这热流沿着我全身的脉络散发开去，进而包裹起了深不可测的武夷。

我寻找到的，不是激情又是什么？！

真应了一句古谚：凡寻找的，必能得到。

远在台湾的歌咏伙伴们，可曾还记得那茫茫夜色、悠悠歌……

昆明雨

云南省电力局的工会主席汪兄，是个文学与摄影爱好者，由于曾聆听过中国作协副主席冯牧先生一次文学讲座，故而在冯牧先生逝世后，动了写一本关于冯牧与云南的著作的念头。汪兄是说干就干的性格，1996 年 7 月间，他在昆明海埂召集了一次小型座谈会，题目叫“冯牧文学之路研讨会”，我很荣幸被邀请参加。

住在海埂的电力局疗养院，不便进城，每日里开会发言，自己说也听别人说，听苏策、公浦、张昆华讲述与我的老领导冯牧先生一生的交往，许多故事新鲜又感人，我感到在不同角度的讲述中，冯牧先生又回到我们中间，用他那一贯清晰、爽脆的话语，把我们引向属于他的那一种愉快、灵慧的氛围。

第三天下午，接到老友范兄的电话，约我傍晚赶赴一家饭馆吃饭，说晓雪、张长、李霁宇几位作家都在邀请之列，还有《羊城晚报》的一位编辑朋友。

我便很愉快地答应下来。

车子沿海埂新修的柏油路疾驶，愈进入昆明，速度愈慢，敢情堵车（昆明称“塞车”）已成为昆明交通的一大难题。堵车倒没什么，汽车正行进间，车窗外响起噼噼啪啪的雨点声，雨下得又急又猛，很快拉起一道雨幕，四下望去，尽是白茫茫一片，汽车顿时如一叶浪中扁舟，缓缓前行，寻找市中心的那一处饭馆，竟变成很困难的一件事！

昆明雨，在我印象中从来都是这么急性子，说来就来，风风火火，没有丝毫商量的余地。记得二十多年前我在昆明公出，以工农兵业余作者的身份参加《云南文艺》（现《边疆文学》的前身）的改稿会，有一天从云南大学会朋友出来，没来由地赶上一场昆明豪雨，我骑一辆自行车从云南大学的制高点俯冲而下，一直冲向位于国防剧院的一位战友家，雨点很凶猛地抽打我的脸，眼睛几乎睁不开；军衣湿成游泳衣，凭着军帽的那一点点帽檐的遮挡，使我不至于把车子骑到马路中间。我揿动车铃，铃声闷闷的，已被昆明雨浸得没有一点声响。无雷，但有风，风雨交加之际，昆明的银桦树簌簌地抖动身躯，它们仿佛也承受不住过于欢天喜地风气十足的倾盆大雨。

雨下到惬意时，马路上空无一人，只剩我一个骑车前行，躲雨的人们缩进屋檐或庭廊下，耐心地等待雨过天晴。他们经验十足，知道这种过山雨的脾气，十几二十分钟的闹腾，犯不上和它较劲。

雨过天晴的结局，真的立马应验，我进屋时雨就停了，默契得很，好像老天爷成心为我洗浴身心。看一眼灿烂得有些不成体统的阳光，我真为昆明雨的恶作剧而哭笑不得。

得，想不到二十几年后又让我赶上了。

雨大得使人无法走出汽车，但约定的时间已到，老友范兄指定的饭馆也亮出了幌子，不下车就太对不住朋友了。一咬牙让司机回去，我冲出车外，几步跨入那饭馆，心想老朋友准保都在笑吟吟地坐定——孰料此家饭馆是分店，正宗老店尚在前方百米处。

昆明雨再次捉弄了我，百米路程虽然不远，可你须忍耐瓢泼乃至倾盆大雨的侍候。况且今非昔比，再无当年的豪情旧日的慷慨，我把青春赌明天，如今已输不起这昆明雨的挑战了。

正踌躇间，服务员递过一把雨伞。撑着这伞，蹚着没脚面的雨水，听雨点叮叮咚咚击打出的得胜令，我走向了朋友们的难得一次的聚会。

昆明雨，高原最促狭的客人。

青岛人

青岛，包蕴了多少绚烂的色彩：如茵的草地，如盖的绿荫，湛蓝的大海，银色的沙滩……但青岛更美的不是景，而是人。

一天，我们走在集市上，在炎炎烈日下寻找青岛啤酒喝。可也怪，寻遍酒肆，都空手而归。在绝望之中，向路旁一位摆香烟摊的老人询问，想不到老人一口应允下来，要我们第二天下午三点来痛饮。第二天下午事情颇多，等想起这桩事时早已过了三点。我和一位同事不抱希望地信步走去，只见集市已散，天边滚动着隆隆的雷声，一场暴雨即将来临。人们在纷纷离散，可是我们却见那摆摊的老人仍在焦急地眺望、等待着。我们正要上前道歉解释，可老人却先道歉，说没能从酒厂找到啤酒，又怕我们失望，故一直等着。接着又安慰我们说，明天一定可以喝到啤酒。听了老人的话，看着老人冒雨收摊的背影，我真为自己的来迟感到内疚，又钦佩老人的真诚守信。啤酒虽未尝到，但青岛人的诚挚却深深感动了我。

回到住处，谈论起这事来，又引出同行的一位作家的一段经历。这位作家正要去出席一个宴会，不巧他随身的惟一的一条裤子破了。

到商店去买吧，又买不到合适的。现做吧，问遍几家大服装店，定期都要半月。无奈，他只好向集市上摆缝纫摊的一位大娘求援，想不到她竟一口答应下来。从量体裁衣到缝纫制作，也就不过半天时间。当他去取货时，大娘又不知想起什么，向自己的小女儿嘀咕了几句，小姑娘挟着裤子跑了。一问才知，是送到大服装店熨裤缝去了。作家非要付小姑娘的公共汽车费，可大娘反生气地说："别瞧不起人！"她说她接这活计，是为了不误青岛客人的大事，同时也让北京人瞧瞧青岛人的手艺。

齐鲁山河，文明之乡，有这般淳朴的乡风不足怪。我想，精神文明的光芒从这些市井人物的身上和心里折射出来，尤其有真实而强烈的色彩。

青岛美，青岛人更美！

腾格里的呼唤

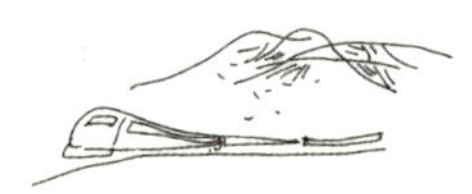

世间许多事是可遇而不可求的。

在呼和浩特开往银川的列车上，我巧遇了几位文学同行，他们是内蒙古自治区文艺研究班的学生，一群快活的年轻人。从他们口中，我这初走“北线”的游客，知道了在这一望无际的沙漠中，隐藏着一座会唱歌的鸣沙山。还知道在鸣沙山脚，有一股月牙儿状的泉水。鸣沙山是奇妙的，一旦有人顺山坡滑落，它便会发出惊天动地的轰鸣，其声之洪烈，其景之壮观，足以让人终生难忘。

我听着他们的叙说，不由得神往了。可我又知道那鸣沙山的遥远，于是只能“神往”而已，任想象的泉水滋润着自己渴慕的心田，浑似一个毫无指望的单相思的恋人。

然而我的运气不错。

宁夏的诗友萧川，以自治区青联副主席的身份组织了一次考察沙漠的活动。地点在沙坡头，即腾格里沙漠的边缘，一个人类的智慧与坚韧战胜了大漠的地方，一个靠草扎的方格网住了沙魔的地方，一个享有“沙坡鸣钟”美誉的地方——听到这个消息，我那一夜居然醒了四次。

我的耳畔总响起一阵涛声，莫非是腾格里的沙浪，在凝固前的刹那间，拍打出的声浪？我这颗被都市生活的喧嚣磨钝了感觉的心灵，重又开始活泼泼地跳动，仿佛青春又回到了我的血管里，好像在赴一次恋人的约会。腾格里大沙漠哟，实在有一种让人难以猜度的魅力。

腾格里大沙漠到了。

它以一种粗犷、辽阔、雄浑、冷静的男性姿态，傲慢地躺在大地上，任大朵的云飞，猛烈的风刮，可怜巴巴的小鸟儿亮翅，忙忙碌碌的甲虫奔波。一见到它，我在路上感受到的塞上江南的旖旎风光、嫩绿的印象马上一扫而光。腾格里大沙漠，“天上落下来的沙漠”——蒙族老乡的命名恰如其分。

我们朝沙坡的顶上攀登。每个人都仿佛回到了遥远的童年，赤着脚，拎着鞋，大口大口地喘着气，一步一陷地走着，还不时发出快乐的啸叫。累了的，索性坐在柔软的沙窝上小憩，养养精神再走；体力好的，不愿看到伙伴落后，便去搀扶着一道行进。在大自然里，人与人之间的感情得到迅速的沟通，心与心之间发生奇妙的感应，我想，这大概是人的天性一种最充分的流露吧！

上得坡顶，远望前方，是如带的黄河，蜿蜒泻向远方；一条铁路，携带着人类的文明，默默地通向天边，通向白云深处所在。沙坡约百余米高，斜斜地如一座极宽敞的滑梯，游人们飞快地向下滑落，只见一个个人影小下去。坡脚却是半月形的水泉，泉水仿佛被沙丘压扁了身躯似的，委屈地渗出来，汇作一道清且浅的小溪，汩汩地诉说着什么，匆匆忙忙地避开这巨大的沙山，流入草与树的怀抱。

我们开始滑坡了。

真是下坡容易上坡难，上坡时的艰辛，被下坡时的欢乐所冲击，显得无足轻重。大伙挟着沙粒和笑声，也挟着渴望与欢愉，飞快地从上往下滑行。我选择了一处沙面平整的地段，挽好裤腿，猛地向下飞坠。这时，我感到自己成为一叶小舟，手成为快速划动的桨叶，在沙海上疾驰。地面的泉水由模糊到清晰，树木由稀疏到密集，草地上的毛驴也由小变大，眨眼间，我滑到了坡底。

然而，沙坡沉默着，它把那令人神往的鸣钟藏了起来，生怕被我们窃了去。这种不信任的态度，实在让人遗憾！

一位了解沙漠脾气的人告诉我们，沙坡只有被烈日暴晒数日，才会产生出鸣声，而我们运气不佳，刚赶上一场小雨，石英沙们没有兴致歌唱。

尽管沙坡鸣钟的音响没有聆听到，入夜，在沙漠上点起两堆篝火，大伙围着温煦的火，唱起了悠扬的歌，这歌声，却也足以弥补未曾听到沙坡鸣钟的缺陷了。

人们唱着关于友谊与爱情的歌、生命和理想的歌，关于戈壁与瀚海、大漠与山河的歌子，在茫茫的夜色里，传得很远很远。这歌声，伴着黄河的涛声，伴着高天泼落的清且冷的月色，在为骄傲的腾格里催眠。

是腾格里呼唤我们，来到这神奇的土地上；

是我们在呼唤腾格里，从矜持与傲慢中醒来，一块儿喝点什么、吃点什么。当然，踏着迪斯科的节拍，跳两下子更好！

腾格里的夜，真美！

我的运气，真好！

游记咏怀

“人在旅途”这四个字，主、谓、宾齐备，个人与环境俱全，一读，就读出了许多感慨。感伤者叹曰：“无为在歧路，儿女共沾襟”，“夕阳西下，断肠人在天涯”。多情者道曰：“昔我往矣，杨柳依依；今我来思，雨雪霏霏”，“纵教行得也销魂，那个行人不头白”。豪迈者说道：“浊酒一杯家万里，燕然未勒归无计”，“云山万里别，天地一身孤”。

山情·海韵·诗缘

——访台散记之一

两岸诗香飘海内，
一船笑语洒江天。
常忆日月潭边水，
从此思绕梦魂牵。

这是我在台湾花莲写就的一首打油诗。

诗虽“打油”，心却真诚，甚至有几分沉重与忧郁。台岛八日，行色匆匆，有时感到匆忙得没有一点时间让你静静地琢磨一下，反刍一下，譬如诗的本质、美的意蕴；譬如人与人之间为何可以一见如故，意气相投；进而言之，中国古谚中“好友恨难终日对，异书喜是故人藏”又为何那样准确地点破交友之主旨？

台岛八日，分为两阶段。

一段是学术研讨阶段，屋外是大雨如注、小雨如丝，风风雨雨的根源在于一场台风，而且这台风有个女性化的妩媚的名字，叫杨妮。屋内则诗心如火，妙语连珠。近二百名诗友欢聚一堂，且是“最难风雨故人来”，故人为诗而来，为情而至，这一份诗人的真诚焉能不让人感动和倾倒？！

诗歌学术研讨会，紧张而有序，主讲者、讲评者和自由发言人被主持人从容指挥调动，形成和谐的共振。主持人均为台湾诗界的知名人士，虽然学养、口音、风格各不相同，但我感受到一点相似，那就是机智和幽默，而这恰恰是使整个会议开得生动活泼饶有意趣的关键。诗贵天然，关于诗的会议自然没有必要僵硬呆板，这符合诗与诗人的天性。

真没有想到台北的雨这么猛烈缠绵。我们雨中研讨诗歌，雨中参观“故宫博物院”，雨中观看龙山寺和妈祖庙以及中山堂，雨中甚至还逛了一次台北的夜市。台北的雨一度使我们这群来自北方的人无所措手足，一无雨伞二无雨鞋，但一旦适应之后，才发现台北的雨并非总是冷酷无情的，她忽大忽小，时停时下，偶或高兴，还把太阳显示几分钟让你看。大雨如注时你感到无奈，小雨如丝时又情韵悠悠,那两天我脑海中老是呈现出一句不知从哪里听来的歌词：“冬季到台北来看雨。”至今我也不知道这句歌词的真正出处，只知道此行台岛被台北的雨着实安慰了一下。我看雨，雨也看我，相看两不厌。

这雨们是我们抵达台北的第二天开始下的。连下三日，到得研讨会结束，开始穿过横贯公路、向中央山脉进发继而由谷关到花莲时，雨们却知趣地躲开了，把一份好心情与蓝天白云慷慨地赠给了我们，赠给了文晓村、赖益成两位不辞辛苦的主持人。

多么好的台北雨啊！

第二阶段为“行走会议阶段”，这是我本人的形容。一辆双层大巴车，几十名海峡两岸的学者、诗人，在观赏风光的同时，也顺带着继续讨论未尽的话题。我们访台中的明道中学，参观日月潭畔的手工艺展览，在谷关夜宿，几乎彻夜聊天，在花莲采石，梨山购物，且行且停，且行时望不尽中央山脉的风光，且停时又览不完松影云踪。我们为横贯公路的险峻陡峭而惊叹，认定不亚于“蜀道难”；也为突如其来的云海所陶醉，恍惚间以为黄山云海漂流到了台岛；我们被阿里山硕大无比的“神木”所慑服，枝叶扶疏，直耸云天的雄姿与神态，给人一种亘古的镇定，“神木”之所以“神”，我想这种亘古的镇定是“神韵”所在，倚树的刹那，你倚定的分明是历史和自然。

何况还有日月潭的波涛，花莲山地民族的歌舞，赏心悦目之余，想想以诗的名义聚集起的一群人；想想这群人聚集的理由和倡议者的辛苦，心底便不由自主地浮起一种感激来。

血浓于水。

诗浓于文。

然而台岛八日我竟无诗，在谷关住宿那一夜，清晨起来我走过峡谷上的吊桥，俯视桥下是巨石累累，仰望高天只见曙色迷蒙，清新的山间空气，逗得你直想咳嗽，几声清亮的鸟叫，提醒你置身所处的环境。

我一步步走过寂静的吊桥，脚步声“咚咚”作响，这一刻恍若梦境。四野无人，只有山、云、水、树，只有练嗓子的鸟儿，只有一个从遥远的北京来到谷关这吊桥的我。

这一刻本应有诗的，可惜我没有台北诗人刘建化兄那样的捷才，所以直到如今我认定最有诗意的一刻,仍以散文的形式存在着。或许，诗意和诗意的人生不应被形式所束缚，藏身于散文中的诗意，更显得珍贵吧。

这就是一种诗缘，诗和诗的缘分，诗友与诗友的缘分。驱车两天横穿台岛，忽而山地忽而海滨，两天中经历和见识的人和事，又岂止是一篇小文所能概括的？

来也匆匆，去也匆匆。

这种匆忙的生命状态也许是现代人的真实写照。告别台北那一个清早，一群台北的诗友们送我们登机，当我们走进候机通道，向朋友们挥手的刹那，我突然发现自己的眼睛潮湿了，一团雾样的东西包围遮挡挥别的手臂，我摇摇头，这雾却愈加浓起来。

离别就是这样开始的，正如一切的欢聚。

离别是一切聚会的最终结果，但聚会永远俯视着离别。

也许这是哲理，也许是生活中的诗和本原，我想。

台北的招牌
——访台散记之二

初到台北，感到新鲜之处颇多，不过顶有趣的是台北的招牌，换言之，即商店、小吃店的幌子，名称百怪千奇，让你感受出命名者的机智或幽默的性格，更主要的，一眼望去，一目了然，印象鲜明深刻，广告的本质意义，均在于此。

一些小吃店通宵营业，是台北人吃宵夜的好去处。一次我们吃宵夜,在“小六子”和“小李子”两处小吃店前选择,最终选择了“小六子”，因为这家店铺的海鲜有特色。“小六子”因何命名？是否与慈禧太后的那位大内总管有些瓜葛，待考。

在一位朋友住的巷子口,一家童装店名为“奇哥童服店”。“奇哥”对面一家面馆,名为“两个女人”,亦有趣得很。“奇哥”与“两个女人”，定给人许多绮想。

还有一次车过台北，在郊区见到一处海鲜馆，名“醉大饿急海鲜馆”，谐“罪大恶极”，亦体现了命名者的别致。

台湾著名老诗人商禽先生，若干年前曾开得一家牛肉面馆。命名为“风马牛肉面”，他取的是“风马牛不相及”的典故，面馆没开多久就停了。继他之后才办起了“康师傅”方便面,居然走俏大陆，很可能起这种古怪俏皮招牌的始作俑者是商禽。我曾问过他，商禽幽默地一笑，没正面回答。

在台南市，还见到一处卖床的商店招牌，名为“道德名家床”，不知床与道德名家有何干系！更妙的是还有一补充条幅：“睡的代言人，梦的继承者。”很精练的总结，把道德名家床升华到非睡不可的高度，匠心独运中让你看到市场经济竞争的剧烈。

也有略感轻松的所在。在台北金石文化广场，内有一家“金池塘咖啡店”，坐下品一杯咖啡，侍者递一杯垫，纸质，上面有两行绝妙的广告：“品味每一杯人生故事，思想也是一种喜悦。”金石文化广场，说穿了是一家综合类书店，购书累了，可饮茶可吃快餐，静静地消磨多余的时光，不失为一种文化享受。

像这种优雅的招牌,与“醉大饿急海鲜馆”相比,档次高了许多。此外我还见到标有“乡情温柔”和“元祖中国情”字样的酒吧，前者可解释,后者莫名其妙,元祖如果是忽必烈,谈不上什么“中国情”。反正台北就是这么一座极随意的城市，招牌的内在逻辑没人干涉，只要能招徕客人，就是招牌的成功！

目前国内不少城市也受此风影响，开始用一些成语的谐音组装广告或招牌，用好了，是创新，可以招徕顾客；用不好，是糟践，反倒让人退避三舍。所以台北的招牌以商业文化为大背景的千奇百怪，未必值得效法。但其独出心机，亦可圈可点。

雪与云

——西藏纪行之一

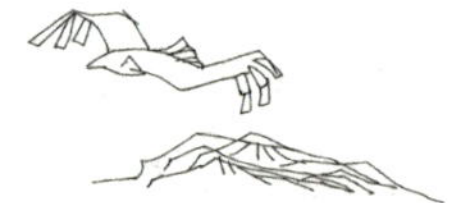

从北京飞往拉萨的班机每周一趟，票极难买。或许是中国这两座城市之间有某种默契，但不管怎么费劲，还真的让我们买到了三张。

幸运。

起飞时间是8月13日上午十一时，初初看到这一日期，我心头一震。因为就是在两年前的这个日子，我们一群作家在山西五台山遇到刹车失灵的车祸，险险乎没去见上帝。我的肋骨被撞伤，一到阴天下雨就闹别扭。登机前我一个劲儿地默祷，“13”这个数字尽管在西方不吉利，可这是东方，两回子事。

果然不假。“13”挺帮忙，这一天风和日丽，北京一片伏热，成都一派热伏，除了淌点汗，一切正常。

飞机在成都机场小憩，加油、检修，换了些乘客，装了些蔬菜，马达一较劲，飞机就钻天爬高，直奔世界屋脊。

从舷窗望下去，只见云海苍茫，任意卷舒，分明置身于一艘远洋巨轮航行海上，使人忘记身在万米高空，云的颜色深浅各异，形状也千变万化，有的像庄严的古城堡，垛口似有戴盔甲的壮士守卫；有的像一头怒狮，正扑向杳杳中弱小的猎物；还有的像一个西班牙斗牛士在与野蛮的对手相搏击。飞机换一个高度，云层便变一副模样，顶奇妙的是左前方云海之端，耸立着一朵灵芝，硕大无朋，根扎在云海，顶部直插天宇，令人叹为观止，不知这灵物竟怎样浮上九天，给天地以奇异的滋润。

飞机继续前行，下为云朵所衬托，上被云层所荫盖，半晌才露出了一角蓝天。蓝天像高明的围棋大师，把领域渐渐扩展，云层渐渐远去。再向下一瞧，高原上的山峰陡然离得近了，仿佛就在不远处蹲伏，甚至连冰峰的裂缝、岩石的皱纹都清晰可见。耸立着的山峰，呈斑斓的色调。以雪的洁白为主色，黄与红也穿插其间。黄色乃冰川融化与土壤山石混杂后的调制色，雄浑不羁；红色则显见是含有特殊矿物质的岩石们干的恶作剧，有时一条山脉全是浅红，令人想起凡·高的画风。

除开白、黄、红三色，偶有蓝色与绿色闪过，这是高原雪峰上的湖泊，像大粒的宝石嵌在世界屋脊。我看到一座巍峨的雪峰左右各有一湖，雪峰呈金鱼的形状，湖便成为金鱼灼灼的两眼，望去生动至极！

雪峰除掉最高处洁白无垢之外，越靠底部颜色越深，最后成为灰黑色，很像尼罗河里大鳄鱼们灰色的脊背。鳄鱼伏在大地上，把一条条大尾巴甩向低凹的山谷，鳞甲起伏，想必是融化而又冻结起的高山雪水。

飞机下面出现了一条浑浊的大河，沙滩遍布，旋涡四伏，偶或有一两株绿色植物在沙洲上招手，显得孤苦伶仃。飞机沿大河飞行约十分钟，机身愈降愈低，河便愈来愈阔，眼见得飞机俯冲向大河中心时，机身猛然一震，才知已经安全着陆。

这就是拉萨的贡嘎机场。出得舱门，才觉得刚才降落时错觉的滑稽，向人们打听这大河的名字，当告知是雅鲁藏布江时，禁不住道一声："惭愧！"

紧着慢着吸一口高原的空气，并没感到氧的稀薄；抬眼一望适才经过的天路，才发觉高原的天蓝得醉人，蓝得出类拔萃，怎么说呢？反正你不到西藏，是绝对见不到这么蓝的天空的。

绚丽多姿的雪峰也好，波谲云诡的云海也好，一霎时全忘了，满脑门子全是对蓝天的惊叹，这就是我到西藏的第一感受。

羚羊角

——西藏纪行之二

中国诗话中有一句名言："羚羊挂角，无迹可求。"与此相对应的是另一句话："不着一字，尽得风流。"

因此我对羚羊角很感神秘，并且隐隐约约地上升到审美的层次上来认识，没想到在西藏与它们几次相逢，最后竟购得了两副挂在家里。

最先见到羚羊角是在西藏军区文工团的院子里，我们到团长家去做客，刚被他的野牦牛头所震撼，出来踱步，又见到他的两名年轻的部下在收拾两根黑色的"竹棍"。凑过去细看，原来是藏羚羊的头和它的两只长且锐的角，被小战士一丝不苟地剥弄着，他们要把这带角的羊头制成标本，当做艺术品悬挂在宿舍中。

这是两个沈阳入伍的号手，兴冲冲地，脸上满是青春和朝气。羚羊瞪着不屈的眼睛，仿佛在抗议这种不公正的待遇。问这羊头的来历，小伙子们乐了，说八廓街上很多，二三十块钱就能买到一副羊角。

的确不假。八廓街上卖羚羊角的摊子最少有三处，每一处的羊角不少于五副，带羊头的却不多，可能羊头不好保管。

我先购得一副羚羊角，角下有一块巴掌大的头骨，将双角固定住，遂使这对羊角呈竹节状，潇洒地斜上去，到最尖最细的顶部，又向内括起，给人一种飘逸之感。整体看来，这副羚羊角如同一个巨大的 V 字，威武异常。

购到羚羊角没几天，忍不住又去八廓街采风，在一位藏族老妈妈的摊子上，我看中了另一副羚羊角。这副角的颜色黑亮，仅一块薄且软的头皮连着，这使双角既可以分开，又可以并拢，在头皮与角的连接处，有着乌黑的血迹，显然是刚刚猎取不久。

这样一来，我就拥有了两副羚羊角。告别拉萨，临上飞机时，安全检查员叫住了我，说羚羊角和藏刀、匕首一样，不能由旅客本人携带，要办“移交”给乘务员的手续。我把羚羊角交给了安全检查员，尽管有点替羚羊委屈，觉得人们忽略了它善良的天性，同时又不能不承认一个事实：它确实锋利如剑、尖锐如锥。

当羊角们生长在羚羊头上时，想必是凭着这种锋利的性格帮了主人绝大的忙！雨雪风霜来临，这对锐角能帮它们挑开雪被去寻找草根；豺狼虎豹来袭，这副尖锥又足以让它们退避三舍。也多亏了这么一对高贵不屈的犄角，藏羚羊们的种族才得以延续到今天。

兴冲冲地抱回两副羚羊角，回到北京的当天晚上读久违了的《北京晚报》，在“文摘版”一栏的头条，就读到一则关于西藏野生动物处境不妙的消息。文章谈及近日来宁夏一带藏医藏药流行街头，熊胆羚羊角豹骨鹿鞭等时有出售，我注意到藏羚羊角的价格：每两二百元！没想到在观赏之外羚羊角竟能卖如此的高价！

藏羚羊角的确可以入药，能治疗惊风癫痫，热病神昏，其效用大概同传统意义上的药用赛加羚羊角相近，但卖到如此高价，想必是因为捕猎太过、日见稀少的缘故！

不过我宁愿它们不具备药效，仅只留下审美作用，这样一来，藏羚羊们或许日子好过些……

康巴人

——西藏纪行之三

内地人走在拉萨，可能有各种各样自豪的理由，但惟有一点自豪不起来：在康巴汉子面前。

康巴汉子大多长得高大魁梧，头顶上盘一条红辫子，辫穗斜斜地垂下来，垂成康巴人特有的潇洒和剽悍。除了红辫子之外，康巴汉子的腰刀也很锋利，像他们锋利的眼神一样，当然，更多的时候他们的眼睛里堆满善意的微笑，那神情令人想起豹子，如果一头豹子也会微笑的话。

一位陪同我们游览拉萨的四川小伙子曾很认真地告诉我一个典故，“知道希特勒当年的计划吗？制造世界最优秀的人种。”他慢吞吞又不乏神秘地叙述着。我点点头，不知道为什么扯起希特勒。小伙子一乐，说希特勒觉得康巴男人同日耳曼女子结合能产生最优秀的人种。

听到这话，尤其在读过那本《第三帝国的兴亡》一书的我来说，幽默与戏谑的成分占了绝大的比例。我也笑了起来，但笑声刚落，内心里对康巴男人不禁涌起了一种敬畏之感！须知笑话归笑话，但为什么这笑话没安到别一种族的男人们的头上呢？这起码证明一点：康巴汉子很杰出。

我们聊着希特勒的人种计划时，是到达拉萨的第二天。因高原反应，我们静静地窝在宾馆里，连上楼的动作都慢如太空人，更甭说见到康巴汉子了。可是四川朋友的“龙门阵”极大地诱惑了我们，心里觉得康巴人是必见不可，否则愧对内地的乡亲们！

逛八廓街时，我们终于见到了康巴汉子。他们三五成群地踱步，神情悠闲，而且格外友好。我注意到他们的平均身高，至少在一米八以上，这个身高是北京姑娘们选择男友的先决条件。在一家照相馆里，三个康巴小伙子在合影，我和另一位伙伴凑过去，请他们赏光共同照张相，小伙子们欣然从命。我和那伙伴个子都不矮，但同康巴汉子一比，显得极其一般，这情景颇令人眼热。

真不知道吃糌粑、饮奶茶与喝青稞酒的康巴汉子是靠什么遗传基因长得这么高大的？人种学家们真可以专门就此列一专题进行研究，我相信能造成轰动效应。

康巴人剽悍，但又好客。还是由四川朋友引路，一天晚上我们去一位康巴人家中做客，不巧的是男主人出差到成都去了，只剩下当护士的女主人和他们三岁的小女儿。女主人端来清亮的青稞酒，教我们饮酒之前的若干规矩；小姑娘则说着她一人才懂的客气话，不断把水果糖递到我们手中。

小坐片刻，女主人从内室里拿出丈夫的彩色照片，于是一个英俊的男人身着警服朝着我们微笑。四川朋友指着他的鼻子告诉我们，说这汉子身高一米八五，是打架的一把好手。有一次在公园里制止小流氓们斗殴，他把两个人举起来扔到了湖里。

照片上的康巴汉子显得很斯文，也许是大盖帽上的国徽让我产生了某种错觉，使我仿佛面对着一位和蔼可亲的民警。

但想起他举起小流氓扔向湖中的英姿，我仍忍不住赞叹道：好一条康巴汉子！

同行的女作家黄蓓佳对此甚有同感，她甚至认为内地无男人！每当在大街上看到康巴汉子，黄女士似乎都忍不住要发表一两句感叹，于是，在拉萨散步，我们无例外地失去了内地人（内地男子汉）的自豪。

康巴汉子的确不可小觑！

试金石

——西藏纪行之四

我们还没有认真观察拉萨之前，先和拉萨河交上了朋友。

拉萨河日夜流经我们宾馆的门前，背景是湛蓝如洗的高天，白亮如银的雪山，以及翠绿如荫、好客如朋的河谷林卡。

这林卡里树不高大，也不茂密，可它们长得匀称、秀气，柳树杨树们手挽着手，站成热情和殷勤的模样，于是乐天喜好大自然的拉萨人便时时进入到树们的阵营间，铺开一块毯子，斟上两杯青稞酒，嚼上几块奶点、饼干，放开喉咙唱几支悠扬的歌子，美恣了！

看到拉萨人们这种享受，让人想起黑龙江哈尔滨的太阳岛，那岛上的绿树、岛上的阳光，以及环岛的松花江水，赠与了哈尔滨人难得的豪放气质。拉萨河在拉萨，正如松花江在哈尔滨。

不同的是林卡里狗多，来野餐的藏族人家，极少有忘记了四脚朋友的，而它们则认真地卧在主人的脚旁，向任何胆敢走近的人发出警告。

我们喜欢在晚饭后逛河谷林卡，风儿暖暖地吹着，太阳懒懒地照着，远处的雪山不动声色地卧着，布达拉宫则金碧辉煌地向我们暗示着什么。河岸上的神柴静静地扬起一缕缕青色的烟，烟渐渐升腾，融入暮色苍茫之中。拉萨河呢，掀动着急匆匆的水波，锲而不舍地流向无尽的远方，河边石阶上洗衣姑娘们吟唱出或忧郁或快乐的歌子，为自己也为拉萨河，这一切显得出奇地和谐。

林卡里散落着饼干，有规律地几步一块，可能是佛教徒们布施给鸟儿们的食物。林卡里还有几个小伙子低头寻找着什么，不时弯下腰去捡拾。我们凑过去细看，小伙子们手里握着的全是小石头，颜色黝黑如暗夜。

再细打听，才知道这些不起眼的黑石头是大名鼎鼎的试金石！原来在黄昏时节的拉萨河谷，他们一行人竟在寻找试金石。

"金子划在这石头上，能留下痕迹，清楚得很哩！"一位小伙子看出了我的疑惑，用不太标准的汉话告诉我。

我低下头，发现黑石头比比皆是，便顺手拾起一块递给小伙子。他摇摇头，说不黑不黑，当不成试金石。

敢情试金石要纯黑纯黑的石头，稍稍带点杂质都不成。试金石很有名，有名到成为一种抽象的程度，使人误以为它们是接近于金刚石之类的宝石。至少我是一直这样误解着的，没想到在拉萨河谷，一位素不相识的藏族小伙子让我明白了过来。

金子有名，试金石因之而沾光，不是这么个道理吗？

我们开始兴冲冲地寻找试金石，一块一块地比较着颜色的硬度、重量和形状。我终于觅到了一块圆如金币的薄石片，黑得发乌，握在手里仿佛像有温度，便快乐异常地揣进了衣袋。我知道即便它真的是试金石，我也没有可试的金子。妻子倒是有一枚金戒指，但她绝对舍不得让我在石头上摩擦试验的。

试金石不重要，重要的在于它是拉萨河谷的石头，一枚被雪山冰水洗濯冲刷过又运送了不知几千里地的石头，是历尽人间沧桑的无言的见证。

漂亮的、圆圆的黑石头，姑且以试金石的身份随我到北京定居，冬日里伴一株亭亭玉立的水仙，也不失为石头的奇遇。

如果谁担心自己购买到的金首饰不纯而又不心疼的话，我这儿有拉萨捡到的试金石！欢迎来试金……

牛　头
——西藏纪行之五

云南阿佤山上，牛头是财富和家产的象征；剽牛完毕，把牛头放在自家的门前，血淋淋的让人看了舒坦，这情景有几分像咱们汉族男人戴手表、女人买首饰。

西藏也有牛头，不过不是用于夸富。放在小院子的门楼顶上，那是为了辟邪；置于玛尼堆上的呢，自然是用于敬奉佛爷，白头盖骨和黑色的角上大多刻下“唵嘛呢叭咪哞”六字真言，当然是用藏文，弯弯拐拐，笔画很神秘，入骨三分。

云南阿佤山上的牛头们，在它们尚能哞叫吃草或斗角时，身份是灰黑色的胖大水牛；而西藏的牛头又别具一格，它们一律生长在一种叫做牦牛的动物脖颈上。牦牛有黑有花还有白，宽阔如扁担的大犄角，墨玉般润，利刃般锐，还有一条粗豪的尾巴，成天在草原上踱方步，把绿色的世界屋脊点缀得黑白相间，还用白色的奶喂养着松赞干布顽强的后人们。也许为了领牦牛的情，人们才用它们的头颅祭神吧？这仅只是我的揣测。

到拉萨的第二天，高山反应尚未消除，到军区文工团年轻的团长家做客。迈进堂屋，先见到一尊巨大的牛头，定定地望着我，继而才见到热情的主人。

一问，才知文工团刚从那曲草原演出归来，牛头是战士们送的，作为室内的一件风格独具的饰物。听着文工团长讲述着草原上的风风雪雪，以及他这牛头的来历（据说是野牦牛）、哨所士兵们的盛情，我分明觉得牛头里贮满了一脑袋的高原故事，它简直就是一部漂亮的小说！

我开始羡慕起拥有牛头的文工团长，继而起了索要牛头、背回北京的念头。这念头像高山反应一样病态地缠住我，使我的太阳穴蹦跳，心律过速，大喘气，深呼吸，怎么都无济于事，摆脱不开。

然而我终于没好意思开口，在太阳城拉萨，人们都豪爽大方得不得了，汉人和藏胞无一例外。这种习俗使我愈加谨慎，何况古训"君子不掠人之美"，我怕文工团长为难。

那一夜，我们有节制地喝着四川名酒五粮液，品尝着高原裸鲤制成的鱼干，以及细嫩无比的咸鱼鹰蛋，谁都不再聊牛头。

在拉萨住了十三天，这期间我曾游历神湖纳木错，蒙语叫腾格里湖——天湖。在湖边的神山上，意外地见到了成堆的牛头，牛头上刻着经文，有浓烈的宗教意味。但严格说来它们仅只是一副副牛角，残留着巴掌大小的一块头盖骨而已，距我在文工团长家目睹的那只神气活现的牛头，审美效果不知差了多少！然而有毕竟胜于无，从纳木错的身旁，我小心翼翼地捧回了一只（或者说是半具）牛头，虔诚、认真，坐在北京吉普车上颠簸了八个钟头，直到它磨穿了我的裤子。

第二天就要告别拉萨了，东道主请我们晚宴。席上见到东北老乡、《西藏日报》总编辑李长文，他援藏刚刚十个月，一肚皮的新鲜感受，不知怎么聊起了牛头，他马上一拍胸脯，说非帮我找一个不可！匆匆忙忙吃完晚饭，可算是在拉萨最后的晚餐吧，他拉着我直奔他的报社。

敲开一幢房子的木栅栏门，闪出一个高大的中年汉子，旁边站着这汉子娇小的妻子。两口子口音不一样，一个是陕西土音，一个是四川快语，兴冲冲邀我们进屋。

细打听，才知男主人是报社美术编辑、画家刘万年，原来是甘肃人（我听成了陕西腔），二十出头闯到西藏，打过短工、写过小说，文的武的全招呼，最后竟熬成了一名功力颇深的画家。

万年似乎看出了我的疑惑，转身拿出一本精美的画册《刘万年画展》让我看。画册是台湾一家名叫“三原色艺术中心”印制的，原来万年不久前在台湾举办了一次画展。著名画家刘国松介绍万年道：“寒荒的西藏画家刘万年，用其独创的水墨技巧表现他对高原峻岭热烈的爱恋。”评价不低。

画册上是色彩斑斓、个性凸突的水墨画，有一幅题为《神奇的荒漠》的画格外让人着迷。画家在褐色与黄色相交错的主体构图下角画了两只振翅乍飞的白天鹅，给人一种天风浩荡、空阔无垠的空间感。据介绍，万年为达到满意的艺术效果，在宣纸上用过墨以外的糨糊、牛奶、汽油、牛胶、松节油等，最后让他探索出一种特殊的胶，能使墨色有堆起的厚重感，万年于是掌握了表现高原山水的独特技巧。

读着万年大气磅礴的高原画卷，简直忘了此行的主要目的。李总编却没忘，叫出万年嘀咕两句，我想无非是代我求情。万年二话没说，径直奔向栅栏门的小棚里，顺着他的动作所至，我猛然见到一尊巨大的牛头，骨骼齐全，神色肃穆，赫然在壁上俯视着我。

万年边包扎牛头边告诉我，说这头牛两只犄角之间有一米宽，在藏北的羌塘草原也极罕见。自己当时买下后，先饱餐了一顿牛头肉，然后把头骨又拼粘、恢复成原状，但尚没有画上太阳和弯月，这是拉萨及西藏的美术符号。他让我回到北京用红颜料把日月绘在牛头上,“就这样画。”万年指一下自己的画册。我细细一看，果然不假，万年在大多数的山水画上印上了鲜红的日月符号，极精致漂亮。太阳在上方,月亮以凹得优美的曲线托住樱桃般的太阳，组成一个有机的构图。日月经天，江河纬地，也真亏万年想得出！

就这样，在告别拉萨的前夕，我意外地获得了一尊牛头，而且是高原画家勾勒、设计过的无价的艺术品。

背着牛头抵达首都机场时，我被大惊小怪的一群小伙子围观，他们被牛头上巨大的弯角“镇”住了，喊喊喳喳问个不休。其中一个“倒爷”模样的，非要让我开个价，敢情他想套购。我淡然一笑，心想怕您的钱不够。

牛头悬在我的书房兼客厅兼起居室里，一副沉思的模样。它从遥远的羌塘草原、从太阳城拉萨来到北京，中间何止跨过了千山万水？作为一头活泼泼的牦牛时，它决计想不到这些，只是一味在草原上撒欢和角逐，吃鲜嫩的草，饮清冽的水。一旦牦牛向人类捐躯，以鲜美的肉回谢了牧人的恩情之后，它留下的头颅却变得不朽。祭神也罢，辟邪也罢，或是像我一样将它看成美丽庄严的艺术纪念品也罢，总之，牦牛以自己的头颅证实自己的存在，在宇宙间昭示着生的奉献、死的庄严。

远离故乡的牛头，你的野性、你的粗犷，以及你包孕着的狞厉的美，都会得到极致的发挥，从这个意义来说，你何尝不是一尊幸运的头颅！

牛头似乎同意了我的默祷，红色的太阳在月亮上一跃，给白色的颅骨上添了几星神秘的笑意。

我实在缺乏绘画的才气，一弯月牙，生生给画成了笑眯眯的嘴唇模样，没法子，只好委屈来自西藏的尊贵的客人了。

为了夸耀我的这尊艺术珍品，我愈来愈希望有更多朋友来我家做客。似乎只有这样才不至怠慢了这位远方“来客”呢！

对吧，牛头。

纳木错之旅

——西藏纪行之六

在西藏，没有谁不知道神湖纳木错的。“错”是“湖”的藏语名称。在西藏文学界又少有人到过纳木错。都说那湖很有几分古怪：明明看见了湖光波影，可任你车子跑半日，就是到不了湖边！

就凭这一点，我们决定去造访纳木错，让她以圣洁的神水洗濯一下我们世俗的灵魂，争取今后变得聪明些。

我曾在几年前到过青海湖，目睹过高原湖泊非凡的美丽和奇妙，由此推断纳木错，凭感觉能知道这是一次饶有趣味的旅行。

我们分乘了两辆北京越野车，早晨八点（等于内地六点）出发，尽管拉萨暖暖地落着青稞酒般的微雨，大伙仍多了一个心眼儿，纷纷抱上毛毯，穿上军大衣及所有能御寒的东西，高原就是高原，等闲不敢小觑！

一路无话，昏昏的只想睡觉。车内坐着我的好友、西藏作家范向东，猛然迸出一句话：“出来时我写了遗嘱！”说完他傲然一倚，不再吭声。

我一听就乐了，可赶紧收住了这无端快乐！因为我想起前两年牺牲的女作家龚巧明和田文，她们都是向东的同事。可见在西藏出门非同一般！

问向东从拉萨到纳木错的时间，向东迟疑了一下，说："二百多里地，还不得三个钟头！"三个钟头玩一般过去了，车子开始爬一座高大的雪山，马达吃力而愤怒地吼叫着，一点点向上攀去，路边的树木眼见着由高大到矮小，由茂密到稀疏，最后只剩下苔藓，车子陡然熄了火。

向东嘴唇青紫，呼吸显然吃力起来。赶紧含几粒速效救心丹，又让他吸氧，他却不肯，说还没到关键时刻。

我们下来推车，腿软软的，像踩着棉花；气不够用，推一下车子喘半天。然而车子毕竟够朋友，咳嗽一声，竟又叫了起来。

上车，盖起毛毯，问向东这里有多高，向东瞄一眼车外的荒原，"五千米以上"，说完他又闭上了眼睛。

翻过雪山，天突然晴了一角，向山下草原眺望，我几乎欢叫起来，一座偌大的湖横在山下，波光粼粼，云影重重，庄重又慈爱地招呼我们。

在山脚吃完野餐，已是下午一时，走了五个钟头了。大伙儿赶紧上车，朝纳木错奔去。草原上的路像搓板，拿吉普车逗闷子，颠簸得你直想跳下车去跑步。不一会儿天又变了脸，把铺天盖地的雨大方地泼下来，泼得你浑身发紧，两眼迷茫。走了一个小时，还没到湖边；向牧民打听，那老人手臂向前一指，便又驰驱了一个小时，雨不知不觉地收了，可湖还是躲得远远的，大伙儿心头油然生出惶惑，莫非要遇到传说中的命运吗？

大草原上四顾苍凉，不见人烟，远方高大的雪山，呈红白黄绿各种颜色，那是阳光玩的把戏；云层很低，一忽儿又化成为冷冷的小雨，提醒你小心！有一阵我几乎绝望了，向东开始计算现存的干粮，似乎准备在草原过夜。

车子仍然跑着，翻过一道草坎，眼前忽然一亮：一座白色的牛毛帐篷，几群悠闲的牦牛和三个藏族小伙子立在路边。向他们打听纳木错，小伙子们笑笑，也是向前一指。我们也笑笑，内心里充满了感激和欣慰。

沿着草坎向前驶，两座古怪的石柱状的山迎过来，从两石柱间穿过，不到二百米，便是赭色的山冈。山冈上到处是经幡和供奉的牛头，从山冈向下一望，好一座纳木湖，它正以澎湃的涛声发出呼唤。

我们也发出由衷的呐喊，为庄严美丽和神圣的天湖对我们的垂青，也为八个小时无休止的颠簸和途中的绝望；更主要的，是这座海拔四千七百米的高原湖泊那傲然的风度征服了我们。

它的神秘，它的浩渺，它的可望而不可及，还有它四周山峦上的红色经幡、白色牛头构成的宗教氛围，齐齐给我们的灵魂以震撼和轰鸣。湖上的云高且远，波涛呈蓝绿色昂动不止；捧起一捧湖水尝尝，有一股淡淡的咸味儿，敢情纳木错是半咸水湖。

更主要的,她是“天湖”,世界上最高的湖泊。在这天湖边徜徉，捡拾着圆润的卵石、奇形怪状的上水石，也下意识地拾起人类的自豪。

我们终于来到了纳木错，尽管回程还有八个小时的磨难，还有风风雨雨、坑坑洼洼，可这些同纳木错的风光相比又算得了什么?

真的，在西藏，能亲口喝到纳木错湖水的人并不是很多，不信你去打听好了。

鹰

没到过山东的人，大约只知道有一座泰山。孔夫子曾登泰山而小天下，秦始皇亦曾封禅参拜，这是一种人为的“政治”因素，使得并不怎么高大的泰山居然名扬四海起来。

到了山东的人，大约更感兴趣的是胶东地区的蓬莱仙境。因为那里盛产鲜美海味不说，更盛产极美妙、极动人的神话传说——八仙过海的码头，据说就是蓬莱仙阁。而老百姓们之所以喜欢铁拐李、吕洞宾、张果老、曹国舅、汉钟离、何仙姑、蓝采和与吹洞箫的韩湘子这八位仙人，并不是由于他们的道行高深、法术奇妙，很大程度是因为八仙的“群众观点”和“大众化”的职业。譬如八仙中，有种果树的，有卖花的，还有乞讨为生、卖文为生的，既然他们都成为“仙人”，可见神仙并不是高深莫测、虚无缥缈的。

到了蓬莱，站在耸立于海岸峭壁上的仙阁远眺，天风海涛中隐约出现一座岛屿，这才是真正的“三神山”，即古人称为“蓬莱、瀛洲、方丈”的地方，也是白居易在《长恨歌》中替杨贵妃安排的魂灵所在地，诗曰：“忽闻海上有仙山，山在虚无缥缈间。楼阁玲珑五云起，其中绰约多仙子。”指的是现实生活的长岛。

长岛离蓬莱不远，乘渡轮只四十五分钟的海路。虽只这么短时间的行程，一踏上长岛的土地，恍若有跨海旅行之感。因为毕竟是置身于一座岛屿上，处于大海的波涛包围之中，自己从前习惯的大陆生活，已被长岛的海轮与海鸥一一运走，剩下的全是新鲜和奇特。别的不说,仅文化局的办公用具中居然包括了一艘摩托艇这一事实，便让人感受到一种海的气息。到得长岛的第一桩事，先到半月湾拾彩色的圆石头。和大海争夺一番珠宝之后，未及休息，又到制高点峰山参观鸟展馆。在鸟展馆，我见到无数只鹰做飞翔搏击状，定定地用眼睛盯住你，虽然是标本，那神态仍令人悚然。

想不到长岛有这么多的鹰！你看，有搏兔的苍鹰，有斗蛇的大鵟，有专吃土蜂的蜂鹰，还有罕见的夜鹰，俗称“瞎簸箕”，有红隼、白尾鹞，甚至还有几只黑亮亮的鱼鹰，这各种各样的鹰家族的成员们，摆出矫健的身姿，以一种长岛飞禽之王的傲慢，迎接着游人们惊异的目光。

陪同我们参观的文化局孙局长，是生于长岛、长于长岛的“土著”居民，见到鹰，他被逗发了谈兴，说起自己小时候驯鹰捕兔的逸闻，又谈起当学生时张网捕鸟的趣事，实在令人艳羡。原来长岛由于林木茂盛，是候鸟们每年的必经之地，故而长岛人历来有捕鸟的风习。可也巧，在鸟展馆的窗台下，果真有一怪鹰蹲伏在竹笼中，一见人就发出“呼呼呼”的充满威胁的叫声。这只鹰是海上捕鱼的渔民们刚刚送来的，据说它是因大风暴中迷了路，落在渔船上避风，索性来鸟展馆访问访问伙伴们。

我仔细看着这位鸟展馆的新房客，只见它一尺多高的身架，头却占去了身体的三分之一，脸上生着两只大且圆的黄眼睛，从脑门到下巴，被一管大嘴连起来，这嘴白中带粉，像外国人的高鼻子般滑稽,相貌怪异如猴。一问,才知这位先生果真叫“猴面鹰”,学名“草鸮”,是国家珍稀保护动物。在长岛的鹰类中,猴面鹰是极其罕见的,若不是大风暴使它迷了路，也许我们根本无缘与它谋面。

从鸟展馆出来，拾级而上，登上峰山。峰顶上耸立着一块大石，大石如一间屋般大小，上面蹲伏着一只振翅欲飞的巨鹰，这只水泥塑就的巨鹰小说也如一架直升机般。爪子深深扣入岩石，显示出一种力量、一种气魄，雄健的双翅，托举湛蓝的青天，也召唤着高天之上遨游的同伴。它的眼睛里射出一股凌云的豪气,站在巨鹰脚下,好像一下子进入了一种飞腾的境界，心灵与这只硕大的雄鹰产生奇异的共鸣。此时再眺望一下小下去的群蜂，平下去的海面，以及迷迷蒙蒙的云霞烟雾，远方海上的点点白帆，李贺诗中那“黄尘清水三山下，更变千年如走马。遥望齐州九点烟，一泓海水杯中泻”的感觉，仿佛被这只大鹰具象化了，显得十分真切生动。

这只峰山上的巨鹰，据说是长岛经济起飞的象征。其实，何止是经济起飞，它是长岛众多鹰家族成员中的一只，和那些兄弟们相比，甚至和爱发脾气的“猴面鹰”相比，它除了身体高大一些而外，没有任何特异之处。它蹲伏在峰山上，把鹰的高傲、鹰的自豪以及鹰的美丽，静静地展示给人们，也把长岛人对鹰的感情，对鹰的热爱与尊敬,静静地昭示给鹰们。万物之灵与万鸟之王,就这样和解了,化成了一座举国甚至举世罕见的鹰雕塑像。

也许，有一天这只大鹰一高兴，没准还真的飞上蓝天呢！

不信你就等着吧！

温　泉

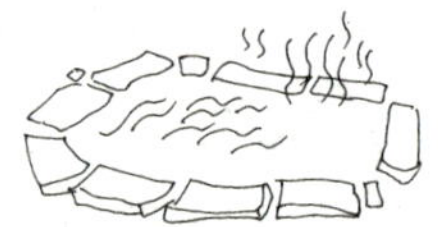

在大自然诸多的恩赐中，最奇妙的可能要算温泉了。

据我有限的识见，温泉好像特别垂青于南国。一些极有名气的温泉，像广东的从化温泉、汤湖温泉，江西的庐山温泉，浙江的承天温泉，那名气都是极其显赫的。从化温泉的水质较一般的泉水轻而软，内含许多矿物质如钙、镁、钾、钠、二氧化钠等，虽包容这么多宝贝，那水竟无色无味，真不知是如何造化出来的。广东的汤湖温泉，温度最高时可达九十度，扔一枚鸡蛋下去，半小时便能食用，也可称为一绝。而江西庐山温泉得地利之便，背靠黄龙山麓，面对大汉阳山峰，距有名的牯岭不过四十一公里，其名气早在晋代就已播撒四方，是温泉中的长老一辈。

当然，说到温泉，北方也不甘示弱。论辈分，有开凿于汉武帝时的平山温泉，这温泉好像还治愈过这位好大喜功的皇帝老儿的什么疮，让他感恩不尽，树庙立碑颂扬了一番，至于是否符合历史，待考；论泉质，有内蒙古的阿尔山温泉，别的不说，光看每年盛夏季节被蒙古包围起的盛况，便知这泉水受欢迎的程度了；

论地利，有位于长白山的大温泉群，面积几达一千多平方米，让你观赏山林风景的同时，还能洗涤身心，堪称一绝；北京有小汤山温泉，地近首都，游人云集。说到名气，北方尚有陕西的华清池。这地方先沾了秦始皇的光，后托了唐玄宗的福，最后还借了点儿蒋介石的名。白居易的“春寒赐浴华清池，温泉水滑洗凝脂”，不知倾倒几多骚人墨客！说起来，北方的温泉还真让人自豪得很。

然而无论南方与北方怎么较真儿，都比不上云南的温泉。

云南的温泉，分布地区多，泉水流量大，所含矿物质也丰富，这可不是我的独特见解。明朝著名旅行家、地理学家徐霞客和学者杨升庵都认为云南温泉之多冠于全国。仅拿位于安宁县城西北螳螂川畔的安宁温泉（雅称碧玉泉）而言，徐霞客和杨升庵都认为此泉则冠于云南，杨升庵甚至题为“天下第一汤”。

这只是云南温泉中被人发现并赏识的一例。其实，在高山峻岭中、平原坝子上，一些无名的温泉同样不舍昼夜地流泻着，我就见识过许多。

在我军营驻地的四周，就遍及温泉的足迹。县城里的温泉就不用说了，假如你有兴致，趁一个星期天之便，一早从县城乘小马车出发，两毛钱的车费，半小时的奔驰，就到得一个惬意的所在。这里自然是城里的规矩，分男女浴室，并有小池大池之区别。小池是单间，平地凹下去一块方池，外通水道，一拔木塞，不一会儿，水便满了，这时你只管尽情洗濯扑腾。大池约二丈见方，四周是回廊，中间露出蓝天白云，洗浴时常感脚下滑腻，是细茸茸一层青苔衬底，踩上去脚心痒痒的，极舒适。

从大池出来，还少一道程序：需拎只小桶自井中打出泉水洗头，这却又显出乡野之气。只见八角井旁水桶翻飞，男男女女管自在一旁冲洗头发，叽叽咕咕，快活异常，像到了大旅馆的洗手间。尽管衣襟不整，却也无伤大雅。

乡间的温泉，又当别谈。

一次到一寨子驻扎，傍晚时节，与伙伴到寨旁不远处的温泉洗澡。这温泉倚在乡间小路旁，只有四堵矮墙圈住，且不分男女，先入者将一件衣物挂在泉水旁的竹竿上，以示占据之意，便可尽情洗濯了。

由于已近黄昏，暮色朦胧，看不出什么标志，若不是我事先吆喝一声，而矮墙内又发出一阵银铃似的笑声，险些闹出笑话！原来是几位农村姑娘已捷足先登了。

姑娘们快乐地尖叫着，匆匆忙忙洗完，便如几只小鹿从我们身边窜走，当发现是几位年轻的解放军战士在外面恭候时，她们笑得更加放肆，笑声像暮色里的蜻蜓，上上下下飞旋，一直飞到远远的小河边，飞到小路的尽头。

还有一次，我因病住在部队医院。医院水源不足，请来钻探队勘察地下水。结果在围墙外的田野里突然打出来一眼温泉，使军民们兴奋异常。于是，病友们和村民们开始三五成群地结伙到旷野里去洗温泉。

我们一伙人，像在游泳池里一样身着短裤，兴奋地冲向喷涌的泉头。泉水比体温略高些，有一股子硫磺的气味，滑腻异常。也许地下的压力太大，它喷激的力量很强，小脸盆粗的水柱，喷了一人多高，然后斜斜地倒下来，浑似一条白龙，游向田边的水沟里。

我们争着抢着要骑到白龙背上，结果无不被它昂头甩落，跌出一阵快意的呐喊。喊毕，鼓足勇气再骑上去，再跌落，再呐喊，声浪被温泉的热气裹着，在田野上久久不散，惹得喜鹊们也鼓噪不已。

我们还没洗完，又走来一帮医院中年轻的女护士。这帮平时凛然高傲的“公主”们顾不得威严了，嘻嘻哈哈跳入水中，浑如乘幼儿园的滑梯般在“龙背”上嬉戏，温泉使她们原形毕露，呈现出女孩子活泼的天性。

再往下游望去，不远处，一位白发苍苍的农民老伯也在赤膊洗浴，一只黄狗替他守着衣物，老人那副怡然自得的神态，实在让人难忘。

这番露天野浴，委实有趣。几个月后，管道铺设完毕，这条热乎乎的“白龙”被捉了进去,开始了它规规矩矩、一本正经的生活。

尽管以后我同许多温泉有过交住，可都再也没有觅到当年野浴的乐趣了。

不过，话又说回来，洗温泉永远是人生一大乐事。

雾

在京城定居，最感落寞的一点，是少雾。

可能北京的人间烟火气太盛，或是汽车太多：排气管如驱雾机，挤得雾无法存身。然而一旦没有雾，没有朦朦胧胧的美，没有牛奶般弥漫的色调，心里总觉得缺点什么。

云南就不这样。雾多，且浓，有时在军营晨跑，分明像在云絮团中绕行，洇得你的喉咙润润的，鼻孔湿湿的，视网膜也有些恍惚迷离，滋味很奇妙。

记得有一年到苦聪山上的哨所，住下之后，不敢开门窗，一开，雾便挤进来，在铺盖上打滚，让你好半天暖不过来。在那里，我才领略到了前辈诗人公刘的诗是多么精彩：

> 我推开窗子，
> 一朵云飞进来——
> 带着深谷底层的寒气，
> 带着难以捉摸的旭日的光彩。

这是他的名篇《西盟的早晨》中的首段。写的虽是阿佤山，可我在苦聪山上却同样体味到了。不过我当时只感到“寒气”，没见到“光彩”,事后琢磨一下,认定是公刘的夸张。后来见面时想问他,不知怎么又忘了。不管怎么说,在高山哨所不敢开窗这一细节,是笃定真切的。

以后还与雾有多次相逢。

一次在峨眉山上,登到半山腰处的一座小亭歇脚。晴湛湛的天上,丽日高悬;远山如黛,近景如画,我从亭畔向山下窥望,感到壁立千仞,十分森然,便掏出随身带的小本子,想顺手记下点感受。

这时,只见谷底旋起一簇雾团,像有仙人推举般向上翻卷,初见时尚在几百米的深处,不料想眨眼间便腾身上来,不客气地裹起了小亭和周围的世界。我的小本上只记下几个字,再也辨不清字迹的走向。这雾也真浓,挥不去拨不开,足有半个时辰方才散去,颇有不许我窥探的意味。于是,这次与雾邂逅的结果,只留下空白的记录。

最有名的雾不在峨眉,而在庐山。

国庆节前,我到庐山参加一个儿童文学方面的会议。平生首次登匡庐,首先感兴趣的自然是它的雾。可是由于临近深秋,雾也不那么可人意,五天里每日秋高气爽,竟没有一丝云絮。庐山真面目被我一一窥破。在五老峰远眺含鄱口,又在香炉峰的溪水中濯足,在公园式的小山镇牯岭散步,又在“白鹿洞书院”内的桂花树下品茗,非但没有半点唐人钱起的诗意,还竟自有些遗憾起来。钱起诗曰:

咫尺愁风雨,
匡庐不可登。
只疑云雾窟,
犹有六朝僧。

可见来庐山而不见云雾，是一种何等扫兴的事！

雾却可人意、解人颐，忽然临行前夜不请自来。这一天本拟登仙人洞，走锦绣谷，然后再多看几处景致的。雾铺天盖地而来，在住处四周翻卷弥漫，抬头望去，树梢不见了，远峰消逝了，亭台楼阁隐在雾中，影影绰绰的，造成仙境的氛围。

好浓烈的庐山雾！

我们走在锦绣谷的山径上，走在湿漉漉的草叶和树丛中，真像在一条牛奶河中潜泳。看不到前方的景致，也窥不见谷底的锦绣风光，途中一处又一处可登高远眺的巨石，可凭倚吟哦的栏杆，只留下其本身存在的意义，行人们信步登上，毫无险峻之感。对于这几处景物而言，少了许多被摄入镜头的机会，它们若有灵，必定会咒骂这舒卷自如的大雾的。

于是借庐山云雾，我们一路由观景看景，化为听景摸景。谷底似有万斛涛声冲霄而上，又止于我们的足底。我在这大雾中，恍惚看到了四时花开而烂如锦绣，看到那满谷逞芳斗艳的山樱花、山梅花，以及著名的庐山瑞香花和云锦杜鹃花，在微笑着摇曳，引得蜜蜂们嘤嘤嗡嗡唱情歌，蝴蝶们昏头昏脑献情诗。看到那怪松、石林，那泉洞、断崖，以及如蛙吞云的蟾蜍石，岌岌可危的人头石，全在大雾中兀立着，证明着自己的存在——尽管满眼是云翻雾涌，我却凭借心灵的感应，看到了这锦绣谷极其美妙的风光。

想象和联想，大概正是庐山雾给予你的最妙的礼物。

告别庐山时，雾愈见浓醇了。乘公共汽车下山，缓缓的雾阻住了慢慢的车，玻璃窗沾上了几缕雾丝，清清的，仿佛沾着离情别绪。我伸出手，想接几根雾的丝线，可是雾们却旋转着腾空，去和自己的松树青竹们谈心聊天，不屑于和我这红尘中人絮谈。

好在手提箱中装着几盒云雾茶，有这些浸透了庐山云雾的茶叶相陪，我觉得毫不遗憾，好像庐山雾也被我用手提箱装走了似的。而且我觉得，能在北京的斗室中，冲一杯庐山云雾茶岂止是欣赏雾景、纵览云飞，简直就是把庐山的雾趣一口口吞进了肺腑。你说滋味如何？

彩　石

这些年来，我四方奔走采访，祖国的名山大川也顺便造访过许多，但是海岛却从未到过。

这次到烟台开全国儿童文学创作会议，会议结束，约几位伙伴同行，驱车蓬莱，又自蓬莱蹈海而过，不到三个小时，便从繁华的烟台迁移到了长岛。

长岛很有些名气。

它又名庙岛群岛，古有蓬莱、瀛洲、方丈“三神山”之称。站在大陆上的蓬莱阁眺望海天茫茫的渤海，隐约可见的岛屿，便是长岛的乍隐乍现的面容。李贺名篇《梦天》中“黄尘清水三山下，更变千年如走马。遥望齐州九点烟，一泓海水杯中泻”，写的就是长岛的山，长岛的水。

而白居易《长恨歌》中说的“上穷碧落下黄泉，两处茫茫皆不见。忽闻海上有仙山，山在虚无缥缈间”，虽没明确点破这海上仙山的名称，但毫无疑问，那昏头昏脑的唐玄宗请道士招杨贵妃香魂的目标，定是长岛无疑。

能让李贺和白居易一倾诗情的地方，而且还使他们产生幻觉、白日飞升的地方，就别提有多美了。

长岛有名，长岛的半月湾名声更是响亮。

主要是因为半月湾的彩石太多太美太圆润，太让人爱不释手、摩挲不够。因此，凡到过长岛的人，第一印象是半月湾的石头；第一要见的也是半月湾的石头；临行时，第一让你为难的也是半月湾的石头；回到家，第一急欲炫耀的，同样是半月湾的石头。

我们穿过贯通起南长山岛与北长山岛的玉石街，匆匆来到半月湾。未及下湾，先看见了叶剑英同志在1979年仲秋为半月湾所写的一首诗，诗云："内长山岛月牙湾，勤事渔农并石田。昂价石球生异彩，妇孺岂惜指头艰。"读完石碑上的题诗，下得数级石阶，便采着了半月湾的"昂价石球"。这些石球虽大小不一，大者如排球，小者似豌豆，但乍一看没什么特异之处，色泽、形体与一般的卵石差不太多。

失望之余，还以为是因为千百年来人类之手的捡拾，彩石已如南京雨花石一般稀少了呢！但再向海水奔腾处一望，马上惊呼起来："好美的石头！"话音未及落地，人已痴了。

只见这原本平常的小石头，经海水的手指一摸，顿时显出鲜亮斑斓的色彩，太阳又凑热闹，慷慨地镀一层釉，于是，红玛瑙、白玉珠、黑水晶、绿宝石、黄岫玉，一堆又一堆摆在你的面前，放出诱惑的光彩，让你东张西望、左顾右盼，生怕将最美丽的一颗遗漏！海水却显出了吝啬的本性，一个浪，又一个浪，把持垄断着半月湾上的宝石库；浪的巴掌老大不客气地拍过来，想把自己一时大意留下的宝贝再搂回怀里。海越抢得狠，人越捡得欢，兴致起时，索性任鞋袜被海浪拍湿，低头急速地捡着。这时，哪怕是最持重、最严肃的人，也变成了一个天真的孩子，一个贪婪捡拾宝石的“快活的强盗”，一个恨不得把半月湾都捡入自己旅行袋的“老财迷”。

这就是半月湾彩石的魅力，能在一瞬间改变人的性格，使苍老的变年轻，慷慨的变吝啬，豪放的变小气，忧郁的变乐天，伤感的变豁达。总之，在美丽的彩石面前，在海浪的喧嚣声中，每一个人都情不自禁地袒露着自己爱美的天性，占有美和保存美的欲望，以及把这种美分赠给亲朋好友的心愿。

我在海滩上觅石，先是兴奋地奔找，很快，眼便花了起来，感到所看到的每一块石头，都美不胜收，若不拾起来，就是一种莫大的遗憾！眼花缭乱的结果，反而使我定下神来，不再沿海滩与海浪争宝，索性脱掉鞋袜，赤脚坐在潮水拍不到的卵石滩上，开始就地寻美，就近觅宝。耐心地掘下去，掘下去，果然，我很快发现了几块色调奇异的石头，有的以纯白色作底，上面又洇上了一丛国画般的墨色，像一幅微型山水烟雨浓缩在乒乓球上；有的红星嵌满果绿色的石体，望上去粲然生辉；有的通体黄澄澄的，当中却露出一朵紫云，颜色妙不可言！这些妙不可言的彩石，虽被我在最后离别时刻捡起，却依然如刚踏入半月湾时一样大喜过望，它们实在是太美了。

我这人很喜欢每到一地捡几块石头留念。这几年间，北戴河、青岛的石头自不待言，南京的雨花石也不必说了，光是去年在腾格里沙漠、在九曲黄河的上游，以及在青海湖畔的草滩，我就拾得了许多枚石子，它们带着各自的纹色、不同的经历，在静寂的冬日，陪伴着我的水仙花和紫砂盆。每看到这些来自祖国各地的小石头，我就想起了拾起它们的种种情景，想起了滋养、磨砺它们的山山水水……

今天，长岛的彩石为我的记忆宝库增添了大宗财富，更可贵的，是使我领略到了一个人在大海面前,在美的领域里不可名状的欢喜、冲动、满足。捡半月湾的彩石，是一次终身难忘的美的会餐!

我想到自己来半月湾前半年，在憧憬里写下的一首小诗，那想象中的诗,与现实中的感受,竟产生了奇妙的吻合,真有些不可思议!我这样写道：

是天外飞落的鸽群，
产卵在这半月形的海湾?
是海底爱流泪的海龟，
把宝宝存放在湿润的沙滩?

或是小人鱼们打的弹子吧，
一颗颗遗落在人间?
不，更像夜空溅落的星星，
在月光下一闪一闪。

我拾起一枚枚彩石，
也拾起圆润光滑的海的思念……

这种思念将伴我终生，真的。

亲近老树

好老的树，老榆树；

好粗的树，粗榆树。

这方土地上的圣树、神树、古树，曾为康熙大帝遮荫避雨的护驾树，嘎达梅林歇过凉、麦新烈士驻过足，拴过“胡子”的烈马，挡过“老毛子”的战车。总之，这棵硕大无朋、直径两米的老榆树，现在被我拥抱住，我以耳倾听她的心音，用掌摩挲她粗糙的树皮，我感到自己贴近老榆树的同时，也贴近了故乡的土地、父老乡亲，以及生于斯地长于斯地的一代代祖先。

大榆树在内蒙古开鲁县城西北三十公里处。我是开鲁人，但只可惜长到十三岁就随家迁移，故而从小耳闻大榆树，却从无机会见过。今天借故乡一位蒙古族军旅作家一部长篇小说研讨会的机会，我专程拜谒大榆树。

大榆树已拥有了一处院落，名“古榆园”。沿台阶而上，大树的断干直挺挺兀立在空中，像一方柱形的木印，风掠过，印文想必是盖在风中、云上；另有几枝树干虬龙爪般伸展，在天空中腾挪，似在攫取、捕捉着什么。这大树的雄姿让我猛然想起江西南昌青云浦，那是名画家八大山人故居，故居有一株古樟树，与这古榆何其相似乃尔！大概自然界中的树木，一旦“百年树木”之后，可能都具有了这种神韵、灵性和威慑力。

草原八月的晌午，阳光灿烂若金，金色的阳光射入老榆树的叶隙，地面上盘起闪烁不定的光线，土地是金黄的，阳光是金黄的，树叶也显现出金黄，在这种寂静的金黄中感悟老树，有一种天人合一的幽静。

便遐想数百年前此地，想必是水草肥美，榆树成林，一旦有人类的足迹踏上，老榆的伙伴们想必一株接一株献身，最后留下这最粗壮、最威严的一株，作为榆树家族最后一名代表，她同时也代表着拓荒的历史，挺立下来。再往后，她成了一株神树，远近乡民顶礼膜拜，甚至修起了一座寺庙来供养、祭祀，在乡民的神树崇拜情结中，未尝没有怀念、崇拜自己拓荒者祖先的意蕴。

成了神的大榆树，是因神而大还是因大变神的？二者的因果关系不甚了了。可大榆树的确又大又神气，方圆几十甚至几百平方公里的地面上，她是独一份！

开鲁县是相对年轻的城市，满打满算不过八十几岁。开鲁的先民，来自河北、山东一带，有一个字的发音可以印证这种地域关系，不久前河北涞源有朋友来，听他们把“钢笔”一律称为“钢北”，“笔”“北”不分，恰是我故乡的典型方言。

告别大树，我悄悄折下几枚嫩叶，夹带回北京，算是对老榆树的一点纪念。途中我追忆自己的根，记得父亲总说老家在“兰州府”，初之以为在甘肃，此番从老榆树下告别，头脑中猛然灵光一现：兰州府者，乃河北滦州府也。故乡发音，一贯“兰”“滦”不分，这一下明白了自己与河北滦县高家的血缘关系，敢情是冀东人，禁不住得意起来。

若不拜谒老榆树，我肯定还在琢磨自己与甘肃的关系！细想当年甘肃人怎么会闯关东到科尔沁草原谋生？山路阻隔，几无可能。河北滦州人则得地利之便，一日出山海关，三五天便到草甸子，太容易不过了。

有机会到滦县，没准还真能寻到根。

回到北京，首要的事是将此行拜谒大榆树的感触向父母大人禀报。听说我是平生首次见到大榆树，我母亲淡淡一笑，说你早就去过大榆树，非但去过，还住了一年。再细问，才知我不到一周岁时，母亲身为农村工作队成员，在大榆树镇工作了近一年的时间。如此说来，我早在四十三年前就享受过老树的荫护，没准还吃过她那香甜的榆钱呢！

茫然中夹杂着愕然，作为短暂的生命个体，在古树面前的渺小感顿时充斥我的身心。儿时的记忆一片空白，但大榆树一定记得我，记得那牙牙学语、蹒跚学步的婴孩……

本以为初相逢，却竟是老相识。荒诞中便具有了极现实的意象。

亲近老树，一如亲近历史和岁月。故乡的大榆树，愿您枝叶繁茂，永葆蓊郁的青春。

普陀还魂草

普陀山是一处极美丽的所在，较之峨眉山，她显得秀丽；与五台山相比，她更具清幽：也许因为普陀山是观世音的道场。观世音在中国家喻户晓，“救苦救难活菩萨”，美丽端庄的东方女神，故而她享受普陀山的香火，那种虔敬和诚挚的香火，便一点也不奇怪了。

我朝拜观世音那天很凑巧，阴历九月十九日，恰恰是观世音的生日。这种偶然的巧合，使我们节约了一笔门票费，增加了香火费的开支，因为逢庙烧香是规矩，来到普陀山又恰逢观音诞辰，放弃敬香便是放弃祈福的权利，人都追求幸福，在佛教圣地，追求幸福的惟一渠道是磕头烧香。我们见到三步一磕头的朝佛者，她们沿山路攀登，一如西藏磕长头者的那种样子，不同之处在于藏族同胞是五体投地式，而普陀山的汉族兄弟姐妹们，动作幅度略小些而已。

三步一磕头。为了提醒朝佛者，普陀山的众多道路上都有不同的莲花图案装饰，三步一莲花地跪在莲花上朝佛，感觉就是不同。

莲花是佛教圣洁之花，尤其对于观世音而言，她的莲花宝座具有象征意义。记得当年降伏红孩儿，观音将一座刀山点化成莲花宝座，诱红孩儿坐了上去，结果柔软变成锋利，尊严顿化屈辱，小小红孩儿被利刃穿腿，只好在佛法下投降，成为观音座下一名可爱的善财童子。如果没有莲花宝座，红孩儿或许至今还逍遥在火云山，当他的山大王呢。

普陀山的庙宇，在整体建筑氛围上，更贴近人生，这也许与观世音的身份有关，譬如沿主街走去，你会发现主街两侧，一侧是寺庙，另一侧则是各种商店与饭馆，一街之隔，一红尘万丈，一古刹青灯，形成极鲜明的反差。

普陀山的小湖上，出售着各种海产品，也出售着海鲜，朝佛者可购可尝，在礼佛的同时，也满足着自己的口腹之欲。从这个意义上说，普陀山是人情味儿最浓郁的一处道场。

在登山的途中小憩，一眼发现了还魂草。

还魂草一名卷柏，当年在贵州遵义，我曾在娄山关下目睹过这种植物，当地中医用还魂草来治疗风湿性关节炎。那时我就知道这种又名“九曲还魂草”的中药具有的顽韧气质，无论晒得如何干燥、焦脆，只要入水浸泡一夜，第二天保证碧绿如初。

普陀还魂草很便宜，几角钱一株，兴冲冲地买下了几株，用小塑料袋装进衣兜，准备回家后种植。卖还魂草的老汉认真地说道：“还魂草会开几种不同颜色的花，粉的、紫的、红的，春天里种下，夏天就开花。”

我将信将疑地听着，对这几株焦脆干枯的小草能否包孕着俏丽的花朵，有几分保留。但还魂草的确是一种妙不可言的植物，它顽强的生命力证实着大自然的伟大，况且来自普陀山的还魂草，沾了佛气，作用确是非凡。

归家后读报，在天津《今晚报》上偶读一则消息，说陕西也发现了“还魂草”，据介绍，这种草四季常绿，只生长在海拔 1400 米左右的深沟小溪旁，扎根在苔藓内，藏于其他植物下，终年不见阳光。尤其值得注意的是还魂草的特征：“草茎如绳，草叶如花瓣，草朵如盛开的牡丹花。”另外是它的性格：此草不管加工成节或片，晒干或烤干，长久存放变色等，只要将其放入水中，便马上复活还原，变成活鲜鲜的草绿色，如春天草树一样泛绿一样萌发青芽。还魂草在当地作为馈赠客人的礼物，因为它具有“提神明目、滋阴壮阳等作用，可以当茶喝”。

由此看来，在中国辽阔的土地上，还魂草处处可见，以它的不屈不挠的生命状态，昭示给人们一种植物的意志。还魂还魂，还的是英雄魂壮士魂豪杰魂。一如近来播放的电视剧《三国演义》主题歌，我最欣赏其中一句：“人间一股英雄气在驰骋纵横。”盖因为时尚侈靡，人间英雄气确已久违，所以普陀山的还魂草，让我联想了许多，可惜《三国演义》不是还魂草。

玛尼石

前两年国内流行气功热，有功没功的人都凑热闹，有事没事时都含胸敛气目不斜视。

有一天我家来了一对夫妻，是极熟悉的朋友，故而随便。他们听说我刚从西藏归来，先让我点一炷藏香，我照办；待袅袅的香烟弥漫开去，他们又盯住一块红色的玛尼石，眼睛亮成灯泡，虔诚地托起来，夫妻二人各伸一只手，目微闭而神庄重，向这块玛尼石采气。

半晌，收功。他们睁开眼，呈幸福状，说这块石头不得了，气感极强，你得保存好！

我点点头，告诉他们，这玛尼石是在“神湖”纳木错边得到的，当然了不起，何况石头上有藏文的六字真经，你们能从这石上采气，是一种天大的缘分！

待这两位神经兮兮的朋友离去，我端详这块不远千万里来到北京的玛尼石，脑海中顿时浮现起那次难忘的神湖之行来。

1989 年 8 月中旬，我同一群作家由拉萨出发直奔神湖纳木错。途中历尽风雨坎坷。汽车在海拔五千米处抛锚，下来推车时浑身像散了架，脚上像踩着棉花；然后又是雨夹雪的欢迎，路茫茫而湖不见，连坚强的男子汉们也忍不住因缺氧而流下热泪——可想而知，八小时旅途之后突然见到水天一色的大湖时是何种感觉！

然而你不敢欢呼，不敢雀跃，因为这纳木错海拔四千七百米，离天太近，又太寂静，人太兴奋了心脏受不了。

我们慢慢走下山坡，向湖边澎湃的浪花靠近。神湖把蔚蓝色的湖水扬给我们，尝一口，咸丝丝的，于是感到很踏实，神湖之水就是与众不同。

另一个与众不同的是玛尼石了。在湖岸上四处是玛尼石堆，还有白色的牛头，构成神秘之极的宗教气氛。玛尼石刻着藏文，呈不同的形状，一层层叠在一起，它们有的是石板，有的是石片，有的是圆形的石头，有的是半圆或不规则形的石块，惟一相同之处是所刻的经文，像美术字一样，有一种神秘的美。人类的文字有许许多多，但在这世界最高的湖泊之滨，却仅有一种楔形文字——藏文显示着自己的存在，它们与坚硬的石头镌刻在一起，陪伴着日月星辰，陪伴着高贵的神湖，直到永远的永远……

我想从湖边取走一块玛尼石，同行的一位汉族同胞深谙藏俗，严肃地摇摇头，说不可不可。另一位藏族朋友，见状，从兜里掏出一块造型优美、字体遒劲的石头，沉甸甸地递到我手里。

于是，我拥有了这块令气功师夫妇眼热的神石！

告别纳木错时已是傍晚，我把这玛尼石放入车中，心想：神湖，感谢你的赏赐！

这块玛尼石装在我的旅行箱里，飞越高远的蓝天和巍峨的雪山，经四川盆地，过长江黄河，抵达北京，一粒种子般种植在我的书桌上，从此给我以石的启迪，石的营养，让我不忘纳木错之旅，不忘雪山牛群、牧人帐篷，不忘热情的藏族朋友……

西藏的玛尼石太多太多，但由于宗教习俗上的禁忌，把它们拾回家中观赏者极少。据说有人把刻有经文的石片当成旅游纪念品出售，由于成为某种“商品”，这种“玛尼石”一定缺少神气与灵气，与我的玛尼石是不可同日而语的！

书斋里有一块遥远的玛尼石，遥想它沐浴过日精月华，经历过雨雪风沙，见识过神湖浪花，这感觉本身就很独特，如果玛尼石具有石头的大脑沟回的话，它肯定会思考神湖的静寂与都市的喧嚣之间那种偶然的联系。

玛尼石是这种联系的一个见证。

平凡的玛尼石，超凡的玛尼石，你将陪伴我直到永远吗？

一切都不得而知。

一切又都显而易见。

老　宅

近年兴起"故居热",举凡历代名宦名贾名士直到名后以至名妓，均被逐一考证、发现，将他（她）们居住过或传说中盘桓过的屋舍修缮一新，典型的例子是南京的李香君宅、北京的萧太后城。目的很简单：吸引天下旅游者。

因此这种"故居热"附丽于旅游文化的骥尾,属于"老宅文化"的范畴。

可谁让人们喜欢发思古之幽情呢？！

所以中国老宅多，实在是一种幸运的财富。只是许多故居老宅徒具虚名，有的仅挂上一块牌子，写明"XX 故居"，内里早已成为大杂院，闲人禁止入内；有的修缮完毕的只是厅廊门窗，原有的文化氛围荡然无存，那模样极像一名忘记化装而匆匆登台的演员；更有的故居恢复得毫无历史感，像冷兵器时代的侠客握一支左轮手枪，杀风景到了极点。

所以我说名人故居的整理恢复实在应慎之又慎。

但也有让人一见便心悦诚服的所在。比如福州的冰心、林觉民烈士旧宅，给我的感触很深。

先以为仅参观冰心旧居，兴冲冲与几位友人踏访，及至进门，才知道这曾是黄花岗烈士林觉民的故居，林觉民牺牲后，此宅为冰心老人的祖父购下，冰心的童年曾在这里度过，所以这处美丽的宅院具有双重身份。

一重身份是林觉民烈士故宅，所见到的一间展厅，有“文惊天地，气壮山河”的题词，侧室还有林觉民夫妇的彩塑，二人正在灯下共读诗书，给人的感觉是灯光融融，柔情似水。展厅的玻璃柜中有林觉民《绝笔书》真迹，写于白绫之上，字字血泪而感人肺腑，尤其这段文字令人泪下：

> 吾平日不信有鬼，今则又望其真有。则吾之死，吾灵尚依依傍汝也……

英雄气壮，儿女情长，真是一篇千古奇文。

这宅院的另一重身份是冰心老人旧居，多亏冰心老人记忆超拔，恢复了一批文化内蕴极深的楹联，令人一看便动了背诵的念头。我记忆力欠佳，但有纸笔补拙，随手记下了几联，冰心的住室有两句妙语：心似平原走马易望难收，学如上水行舟不进则退。显然是促学的，对仗工稳。紫藤书屋联为“有为有弗为，知足知不足”，充满人生哲理。正屋的气魄雄健：“海阔天高气象，风光霁月襟怀。”内联则体现了主人的抱负：“兴寄东山兼北海，人非西蜀即南阳。”

以我粗浅的理解，这两联至少象征了四位古人：谢安石、孔融、张松、诸葛亮。张松是我的臆测，只知道此人乃西蜀名士，记忆力过人，献地图时，镇住了曹孟德、谢安石、孔融与诸葛亮当不会错。因谢安石在东山隐居，孔融人称孔北海，南阳自然是孔明隆中高卧的象征。

冰心旧居正厅亦有联，但更吸引人的是四幅大画，画固然是近人近作，但仍古趣横生，因为这四幅画全是描绘四位古人未通达时的奋斗。其一是汉朝张良的《断桥进履》，为黄石公拾鞋三遭而终获兵书，画面上的张良一脸无可奈何的庄重，黄石公则幽默无比；其二画的是汉代李固《千里负笈》拜师求学；第三幅画主人公是北宋范仲淹，未第时生活窘困，故画题为《断齑划粥》；最后一幅《程门立雪》，亦为北宋名儒、理学家杨时（杨龟山）向二程求学故事。我顶感兴趣的是这位杨时先生，因为家中藏有一幅他老人家的墨宝，铁划银钩，力透纸背，故见画如睹故人——他巧巧又是福建人氏。

杨时写的是这么一段妙文：

> 博望侯周游天下，历览山川，寻长河于异域，得美石而献与汉武，帝未之奇也。东方朔见而喟然曰："此石英辉润密，秀色明烂，旧枕昆吾之谷，曾临归美之岸。王雉飞而激矢，金鸡鸣而纵弹。至如天台始裂，地乳初分，丹青孕彩，隐起成文。盈尺则内含明月，肤寸则外吐浮云。

标点符号自然是我加的，我相信杨时写下这段话时一定灵感充盈意象飞腾，或者说形象思维占了上风，否则借一块石头而议论风生，本非理学家所长。

后来杨时南归福建，影响极大，朱熹是他的隔代传人。

离开冰心旧居、觉民故宅，感到历史的重合很有几分奇特。这幢老宅实则凝聚了传统文化的某种精粹，同时又兼有"圣地"性质。文化人从中觅灵感，革命家从中悟献身，平凡的百姓，观光的游客或二者兼顾，或各取所需，甚至纯欣赏厅院的结构、回廊的美丽，也不失为一种收获。

总之，参观福州这幢老宅，我感到内心很充实丰盈。自然不仅仅是因为杨时的典故令我心动，使我知道了立雪程门的主人公，更主要的是文化氛围。

“老宅文化”，方兴未艾。但须真有文化——离开时我默祷道。

> 1999年6月在桂林

沉　船
——为邓世昌而作

三十九岁的年龄，你已为国捐躯了。你沉入一片浓且稠的黑暗中，有咸腥的海水呛入你的肺，你吐出最后一个含氧的气泡，努力睁大双眼，想最后看一眼你的致远舰，你的龙旗，你的被火炮熏黑了脸膛的部属们，以及那只挥之不去的爱犬。可是你已经望不见这一切，你摇摇头，想赶走遮住、罩在眼前的无边的黑暗，可惜你连这点力气都没有了,残存在大脑中的最后一点意识正渐渐消散殆尽，你知道自己已不再属于自己，也许，这就是死吧？你费力地想道。

海水再次涌入你的鼻腔，黄海的咸且腥的水。你已不再有任何知觉，海水吞没了你，一尾小鱼从你的鼻尖上游过，它游动的尾鳍惊动了你的睫毛，你努力想再一次看一眼这生活过 39 个春秋的世界，可是一切已然远去，小鱼受惊般倏然游走，如一支离弦的羽箭，海水又涌了上来。

一座海是一座坟。

惟有这样的广阔墓地，才可以安放你的灵魂。一个舰长的不屈的灵魂，一个19世纪中国武士英武豪壮的灵魂。一个为了军旅的荣誉、为了祖国和朝廷的光荣舍命相搏的好汉！

以你的游泳技能，加上在你身旁拼命游动的伙伴、爱犬，你完全能够借助自己和别人的力量生存下来，可是你断然拒绝了这种选择。人在舰在，既然生死与共的致远号已沉入水中，那莫名的悲愤想必让你痛不欲生。你恨狡黠的敌手吉野最后施放的那枚鱼雷，也恨自己躲闪不及，壮志未酬，“撞”志未酬啊，弹尽后的最后一次攻击，大无奈和大无畏的一击，被鱼雷无情地阻隔了，否则舰与舰相撞的霎那，定然是惊天动地的另一种景象。

邓大人就这样走了。

致远号巡洋舰也这样沉没了。

人类与海洋有过千丝万缕的联系，沉船是割断这种联系的最残酷的方式之一，尤其是海战中的非自然沉船。写到这里，偶翻《清稗类钞》第六册，内中有《邓壮节阵亡黄海》，可以作为这篇短文的古典式收尾：

“光绪甲午八月十七日，广东邓壮节公世昌乘致远舰与日人战于黄海，致远中鱼雷而炸沉。邓死焉。先是，致远之开机进行也，舰中秩序略乱，邓大呼曰：‘吾辈从军卫国，早置生死于度外。今日之事，有死而已，奚事纷纷为？况吾辈虽死，而海军声威不至坠落，亦可告无罪。’于是众意渐定。观此则知邓早以必死自期矣。邓在军中激扬风义，甄拔士卒，有古烈士风。遇忠孝节烈事，极口表扬，凄怆激楚，使人雪涕。”

不知道邓世昌在战场上最后做的“动员”是怎样传出来的？按《辞海》解释，“全舰官兵250人壮烈牺牲”，当无一人生还。可是《清稗类钞》所载又绘声绘色，所以我判定邓大人的部属是有幸存者的，否则朝廷赐“壮节”的谥号毫无道理。

甲午海战中，冰心老人的父亲便是幸存者之一，可见邓世昌完全有可能游回岸上的。但他断然选择了死亡，“今日之事，有死而已”，何等地凛然豪壮！谁说千古艰难惟一死，邓世昌沉海的选择，在我看来自然而然，较之《泰坦尼克号》上男主角的情意缠绵来，更惨烈更悲壮也更具男儿血性！

邓世昌的爱犬最后也随他而去，据说这只通灵性的狗一直想救主人，衔着他的衣袖不肯松口，邓世昌断然推开了它，当他们目光对视的时候，这只小狗想必也读出了自己主人必死的决心，它便以身殉主了。这只小狗没见诸正史，电影《甲午海战》中也缺少了这一笔，可我相信这是历史的真实。

致远号巡洋舰的沉没，是北洋水师耻辱的败绩，大清帝国无奈的衰落，但对邓世昌个人而言，则是另一种意义上的永生。

三十九岁的邓世昌，邓壮节，邓大人，以辽阔黄海为自己灵魂的栖息地，精神的驰驱场，任浪花飞溅，激情澎湃着，直到一个又一个世纪……

杨梅与兰

福建的新兴城市石狮市，我有幸走了五回，前四次是路过，仅此次专程为开会——老作家郭风先生的创作研讨会。郭风先生在福建德高望重，他从 1938 年执笔，至今已耕耘半个多世纪，故而我说，研讨会有几分祝寿的喜庆意蕴。

在会上见到了福建另一位老作家蔡其矫，他专程赴会，只为了在老朋友的创作研讨会上说几句心里话，几句关于诗和散文的独特风格如何保持的心里话。

会议时间仅两天，两天过后大家纷纷离去，告别时恰好有一辆车送蔡其矫回泉州附近的故居坂园村。据说蔡老的紫帽山下的坂园村极其幽静，而且——“气场极好”，这是蔡其矫说的，他引证的是气功协会一些大师们的话，言下之意自己的故乡藏龙卧虎，不去看一下是莫大的遗憾。

于是就挤上了送蔡其矫回乡的车，与袁和平和应红三人，到了坂园村。

坂园村掩映在浓荫里，车子先穿过一片龙眼林，几分钟过后，便是房舍密集的村庄。蔡其矫一指村中最显眼的水泥楼，说这就是我的旧居，盖了快七十年了，人称“洋灰楼”，我在这里长到八岁。

蔡其矫似乎没有“近乡情更怯”的表情，相反他健步如飞，和乡亲们一一打招呼，熟稔无比。待到一跨进小楼的院落，竟有些急不可耐的感觉。

小院极幽雅，花坛里种植着各色花草，其中几株兰花散发着清心爽神的香气，吸一口仿佛置身于空旷的山谷。蔡其矫老人得意地说：“这兰花是野生的，被我移入家中，每年都开得这样好。”

都说春兰秋菊，如今已近盛夏，蔡家老宅的兰花却还开放得如此得意，不是地气又是什么？！袁和平也禁不住感叹起来。

登上小楼，坐在客厅里品茗。蔡其矫用家乡话吩咐了几句，他的晚辈们马上张罗起来——不一会儿，一大篮黑红色的杨梅端了出来，刚刚来自后山的树上，还凝着山林的露珠。

于是，我们一行人吃到了平生首次吃到的最鲜美甘甜的杨梅。古人曾有诗云：“五月杨梅已满林，初疑一颗值千金。味方河朔葡萄重，色比泸南荔枝深。”蔡宅的杨梅，色如紫玉，颜色深者味甜，属于熟透了的；颜色浅者略酸，肉质丰厚。几粒拈过，手指头竟如染上胭脂般，红成了很俏皮的模样，彼此望一眼嘴唇和牙齿，也尽被杨梅浸染。我想这洇红的梅子若揿在宣纸上画红梅或槐花，当是一种极妙的神品吧？

饱吃一顿杨梅，与蔡其矫老人话别，他指一下远方的紫帽山，说不一会儿有客人来访，我要陪他们登山——已不记得登过多少次了。

我便与好客的老诗人约定：有机会一定来这住几日，登一登有名的紫帽山。我隐约意识到，紫帽山是蔡其矫老人最得意的收藏，而他本人则无疑是紫帽山诸多出产中最有价值的一种。

坂园村的杨梅，端的好吃。

而那庭院中暗香袭人的野山兰，也足够人品味许久许久了……

鸥　盟

昆明不是鸟岛，翠湖也不是青海湖，但在昆明能观赏到鸟类奇观却是近十几年的一件趣闻，成为昆明的一大景观。我先是在一些报刊上看到许多作家讲述与红嘴鸥邂逅的奇异感受，在他们笔下，洁白长翅的红嘴鸥仿佛具有灵性，应约而至，应声而来，每年冬季赴约，春暖花开的季节离去，年复一年，使昆明人的冬季从此充满快乐的喧嚣。然而我却一直无缘相遇。曾有一次与红嘴鸥擦肩而过的机会，那是在 1993 年的 11 月，我同一位作家赴滇公干，在翠湖宾馆眼巴巴地守望到月中，朋友们不断告诉我们说海鸥照理应该来了，你们再等等。等到 11 月 15 日，昆明一家地方报纸甚至悬赏，说要给第一个看到海鸥的人颁发一千元奖金，海鸥却还是不肯赏光。我们终于等不及了，十分惆怅地告别了翠湖。到家第三天，友人从昆明打来电话，说海鸥昨天飞来了，你们没福气看到。多气人！

两个字：缘分。

内心里认定与鸥鸟们有一种盟约，或迟或早，早晚是要践约的。

终于见到了相约十二年的红嘴鸥，借第二届“红塔山笔会”之机，热情的东道主专门将我们安排在翠湖宾馆住一夜。不为别的，只为了红嘴鸥那热情的翅膀。那一天有薄雾，早早出去一趟，未见鸥影，归房小坐，无意中向窗外一瞄，不远处的湖面上空，似已见到盘旋的海鸥，如一缕缕白云般在暗蓝色的天宇上飞掠。我马上兴冲冲地向汪曾祺、雷达、曹文轩、何志云、韩作荣等同伴通报消息，大家向湖边信步走去，刚出宾馆大门，耳畔已响起一片鸥鸟的聒噪，过得马路，便是翠湖岸边的栏杆，将面包屑掷向空中时，雪片样飞舞回旋的红嘴鸥们集结在我们的头顶，开始大口地叼食。它们飞翔的姿态优美而典雅，在我看来有几分表演性质，像卖艺者般腾挪闪躲，把叫声与水珠宣泄在我们头顶，面对这群俯冲掠食的红嘴鸥，刹那间你会感到某种惊恐，生怕不小心它们会把你啄倒在地！

这场面让我想起若干年前看到的一部影片《百慕大》，其中有一个场景是小女孩在一个夜晚抱着洋娃娃登上甲板，突然从天空飞来大群的海鸟，当海鸟向小女孩俯冲时，她抡起洋娃娃遮挡，结果海鸟们纷纷落在甲板上，脖子全被咬穿，镜头这时摇向美丽的洋娃娃，她的唇边竟沾满鲜血……这个镜头把单纯美丽的形象与狂野的行为嫁接，留给人的惊骇极难忘却。

当红嘴鸥们飞向我们时，那阵势那场面，使我恍惚间成为甲板上那胆怯的孩子——当然，我手头没有魔鬼洋娃娃，有的只是大块大块的面包，这是订立鸥盟的信物。

我们把面包疯狂地掷向空中，继而又抛向湖面，密匝匝的红嘴鸥们掠食着这些并不鲜美的食物。我相信面包的营养谈不上丰富，充其量能够垫垫饥肠而已，但鸥鸟们这样忘我和兴奋地掠食，除了前面谈及的有几分表演性质外，怕也包含着对人类慷慨投食行为的一种鼓励和感谢。总之，在喂红嘴鸥时，我感觉到一种久违的、似曾相识的快乐。“拍手笑沙鸥，一身都是愁”的那位高智商的古人，莫非也不知不觉隐入喂鸥的人群中吗？

武夷，武夷

——闽行散记之一

在我的主观印象里，“武夷”两个字是“武装的夷人”之简化。如果仅就发音而言，“武夷”又极像“唔咦”两声感叹词。

其实大谬。

武装的夷人固然有，那是在大小凉山、西南边地；面对壮丽山水发出“唔咦”之叹，也似有些牵强附会。武夷，武夷，没料到是两个人的名字的组合，一武一夷，在远古时代开发了这座秀美的山区，于是后人称之为武夷。

武夷山原属福建崇安县，现在成立了武夷山市，“山”与“市”尽管不那么协调，一呈野趣的幽静，一显市井的繁华，但这只不过是美山丽水的一种符号，因此武夷山市很庄严很快活地站立在中国地图上，引起游人众多的遐思。

武夷山与武夷山市，在我看来极像是一枚甜石榴、一只香蕉同它们的果皮之间的关系。武夷山自然是果肉，没有这果肉，没有这令人神思悠然的山水风光，“市”也罢，“皮”也罢，全无所凭借。

我们一行人住宿在百花岩宾馆，远离市区，但也没进入山区，介乎于半山半市之间。这宾馆虽然谈不上高档，但是建筑奇特，给人一种匠心独运的印象。

首先是竹子。厅堂里有一天井，天井二丈见方，却种了密密的几十竿竹子，这天井和竹子属于宾馆建筑的有机组合。在回廊两侧，也植了疏朗有致的罗汉竹，于是你一踏入百花岩宾馆，竹子们便像热情的服务员一样，以婀娜的身姿为你去尘消乏，让你神清气爽。

进入客房，竹子更多，也更具象地显示出自己的存在。床是竹床，椅是竹椅，墙是竹隔板，地是竹地板，连灯罩也以竹篾编成。顶妙的是竹沙发，从外观看是斜切竹筒式的造型，细部则由一根根竹子组成，扶手、坐板、沙发腿，一律是竹子家族，或模拟竹子的外形。总之，踏入武夷山，竹子们以自己的颜色、质地、气质和实用性，给我们以极强烈的震动。“宁可食无肉，不可居无竹”，好像是某位先贤的居住观，在武夷山达到了某种极致。

住定之后，竹子不再争着抢着表现自己，推窗眺望武夷山，暮色里一片黛绿，雾如轻纱，在山坳里浅浅漫过，山脊上有剪影似的竹影，那竹子想必是极高极大的！因为它们唤起了我关于云南的记忆，云南的凤尾竹常常在暮色里垂头沉思，把暮霭晚霞温柔地揽入怀里，竹叶婆娑，常令感伤的旅人凄清落泪。武夷山上的竹子不知是否具有“边地效应”，我想努力辨析出它们的血缘，夜色不客气地掩袭上来，竹影渐渐融入灰黑中，只留下层峦叠嶂那模糊而粗糙的轮廓。武夷山的夜，好静。

清晨是被鸟儿衔来的，至少我有这个感觉。武夷山夜景尚未在脑际褪尽，鸟儿们唧唧喳喳把我们唤醒，竹林里有一只鸣声清丽的鸟儿，似乎格外卖力，从它欢悦的歌声里，我听出了武夷山小生灵们的愉快，我知道，竹子和小鸟，仅只是偌大武夷山的小小序曲，至于那悠扬优美幽雅的整体旋律，要靠旅人自己去全副身心地体味了。

菩提叶

——闽行散记之二

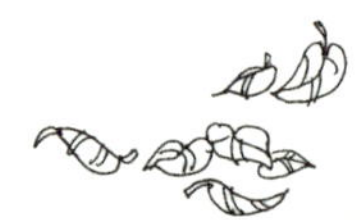

佛教和中国人关系太密切了,尤其是电视剧《济公》播放之后,连三岁孩子都能有滋有味地哼一段“南无阿弥陀佛”,而且保证字正腔圆不走一点调儿。

佛教讲究三宝:佛、法、僧。其实更推崇的是一种有名的树——菩提树。因为佛教禅宗有一首诗云:

身是菩提树,
心是明镜台。
时时勤拂拭,
勿使惹尘埃。

把菩提树上升到禅的境界里,这树遂具有了卓异的灵气。

据说菩提树(原名毕婆罗树)下是释迦牟尼悟道的地方,因此称为圣树。我此行厦门,与几位朋友参观南普陀寺,寺门口有巨树两株，初初不以为意，一位朋友随手一指，说你可认识这种树，我摇摇头。他恶作剧地一笑，“这是菩提树！”我一惊，为自己的愚钝，也为菩提树的不期而遇。朋友接下去告诉我：菩提树的特点是鸟不遗矢，叶不染尘，蜘蛛不结网，叶片总是洁净如洗！

我跳起摘下一枚树叶，只见叶形如桃，叶脉如丝，叶色碧绿如玉，厚厚的，净净的，端的是一枚了不起的树叶！

我把这枚树叶夹进了一本书中，树叶很大，几乎占据了一页纸。晚上在灯光下我端详这名树之叶，左看右看都像北方田野上常见的大叶杨，于是不禁为自己的发现而懊恼不已。北方的大叶杨自然没有菩提树著名，更不可能以自己的树荫来为佛祖提供灵感，使他瞬间悟道；可是大叶杨适时而生，适时而落，生时在枝头快活地晒太阳，接雨点，在风中“哗哗啦啦”唱歌不止，落时把绿色归还大地，染一身秋之金黄，然后投身于寒舍的大炉灶膛，燃出一星半点的温和热，也很了不起。

打断我这种古怪联想的仍然是菩提树叶。

因为在泉州开元寺游览时，菩提叶已成为抢手的旅游纪念品供人购买了。我买到一袋菩提叶，大大小小五枚，一律蚀去了叶肉，留下蝉翼状的叶脉和叶梗，分别染成粉、黄、绿、红和橘黄色，再缀一根细细的丝线，极像一枚书签。

这菩提叶已全然消尽了碧绿的本色，也失去了沉沉的分量，如果说它原本具有血肉的话，我买到的只是一副骨架，或曰标本。

菩提叶的确很美丽，尤其经过旅游部门的刻意加工之后，价值已远远超于任何树叶之上，北方田野上的大叶杨更是望尘莫及。在这袋菩提书签的背面印有神秀和慧能的两首关于菩提树的诗，神秀禅师的诗见诸于本文开头，正是这首偈诗使他落败于慧能，因为慧能更玄妙地道出了禅的真谛：

菩提本无树，
明镜亦非台。
本来无一物，
何处惹尘埃。

于是他承继了禅宗的衣钵，是为六祖。由慧能想到手头这几枚菩提叶，感到生活真是个古怪的哲学命题，期望永恒的保存，必须蚀尽它的血肉，只留下某种高贵的象征，几缕如纱的脉络。存在与虚无，肉体与灵魂，精神与物质，齐齐在这几枚书签上展示，背景是博大深厚的佛教文化。从这菩提叶上，我感受到自己的惶惑和浅薄，不敢再拿大叶杨去亵渎菩提叶，把它们虔诚地夹进一本辞书里，希望菩提叶们去求证自己的树与非树、物与非物的关系，既然命运把菩提树和佛教联系在一起，随它去好了。

南方的菩提树，的确很漂亮。

生活随想

然而，栗色马一动也不动，四只蹄子稳稳地钉在草地上。我的满口酒气喷了它一脸，它亲切而温和地忍耐着，我敢肯定这是一匹有灵气的马儿，它知道每逢有这粗鲁而古怪的气味飘来时，骑手大多会出现落马的结果，它见怪不怪，浑似一位草原上的哲人智者。

城　饰

一座城市如一个女子。

随处可见的雕塑便是这女子的首饰。

云南玉溪是一座小城，但却很出名。一是因为了不起的玉溪卷烟厂，他们生产的“红塔山”巍然屹立于烟民的心头，“阿诗玛”同样用明媚的微笑征服了众多的烟客。玉溪的代表性首饰便很容易地变成了那座有着一尊红塔的小山。但也不尽然，因为玉溪还是大音乐家聂耳的故乡，故城内有一聂耳公园。聂耳公园大门内，耸立着四个n形的建筑物，有人说这四个n形的门意味着聂耳这一名字的四只耳朵的组合，也有人说不完全对，因为你进得门口登高一望，这组建筑又构成一把小提琴的模样……

“四耳”也好，小提琴也罢，聂耳公园这组城市建筑精美绝伦，让你驻足不前，左右观瞻，从哪一个角度都能品出文化意蕴。玉溪这座云南小城，由此生出许多妩媚，这当然是城饰的作用。

不久前到大连参加一个儿童文学笔会，这于我是久违的壮举。概因为近年来疏于儿童文学的笔耕，此界同行大有见弃之意，所以一旦被点名参加，颇感诚惶诚恐。到得大连，住在大连开发区内的碧海山庄，发现一组建筑物气魄不凡！先是广场上耸立一巨大的锚，以纪念碑的形状迎接房客，这大概是天下第一锚！继而发现所住饭店，造型若船，停泊在半山腰上，它被一只大锚系定，面临碧海苍天，给人一种灵魂的震撼。

那几日我们天天经过“锚地广场”，进入船形的主楼内吃饭。每经过一次，我都情不自禁地向耸立云天的锚头致意，感到这硕大无朋的锚是由同样高大无匹的巨人掷自于云天，轰然一声泊定在这碧海山庄，成心给每一个游客一份惊讶惊喜加惊叹。

城市既然如女子，城饰自然要因人而异，这里面有着普遍的审美规律，也有特殊的装饰法则。我见过两座域外城市别具一格的装饰，至今印象鲜活。

其一是在泰国曼谷。

在我们住的旅馆不远处，耸立着一座民主纪念碑。这一组匠心独运的建筑，是由四座如船帆、如象牙、又似贝叶的纪念碑拱托起一座塔形建筑，这是主碑。主碑四侧有门，门楣上各有一柄竖立的银剑，门面雕有一尊舞动的佛。四座衬碑分别被黄色的雏菊和白色的马蹄莲包围，有无数鸟儿在碑顶鸣啼，一派祥和之气。衬碑的造型一如前面所说，如帆如叶，又如象牙。下面则为大块的浮雕，浮雕上是读书的学生、打铁的工人与持枪的兵士，大概这浮雕与一般的纪念碑一样，用石头的语言讲述碑的历史过程。

这些都没什么，重要的是围起这组碑群的栏杆，既不是石头，也不是木头，而是七十二尊古炮！脸盆粗的炮筒埋入地下，炮尾朝上，凸起的地方拴一铁环，每隔几米就是尊古炮，以铁链相连，形成了一个世界上最具有和平民主意蕴的栏杆。这些古炮大头朝下埋入地里，除了给人以惊奇，我还想到“铸剑为犁”的中国古训，同时觉得泰国人民的艺术想象力的不凡。大炮一旦倒过来插入地下，除了当栏杆还真干不成的别的。作为一名解放军的前炮兵排长，我忍不住在这些大炮面前驻足许久，抚摩着光滑的炮尾（点燃引信的地方），像拍着一个顽童的后脑勺，心中默祷道:“好伙计，你就委屈些，当好这座纪念碑的护卫吧！”

其二是在俄罗斯西伯利亚赤塔。

赤塔有一座列宁公园，又名胜利公园。照我的理解，这公园实际上又是一座烈士陵园。因为这公园的雕塑主题是纪念卫国战争，居于中心点的是一处可以点燃火炬的五星形平面建筑，有一群穿制服的小学生们庄重地围着建筑走动，大概每日火炬均由他们点燃。拾级而上，则是三尊欢呼胜利的铜雕人像，士兵举旗，游击队员擎枪，中间的指挥员掉头招手，似呼唤伙伴。在雕像背后，是五座直指青天的纪念碑，这碑的造型近似喀秋莎火箭炮管，每座碑的高处分别缀以“1941”“1942”“1943”“1944”“1945”的红底金字。这五年五碑，显然寄托了俄罗斯人民绝大的苦难牺牲。更有意思的是五碑两侧，分别铸有平台，上面置放着坦克、火炮、军用卡车、装甲车、飞机等实物。这些兵器绿色斑驳，在阳光下显得无比遥远与温和，有它们做庄严的陪衬，卫国战争纪念碑便更加具象化、形象化，驾驶这些兵器的士兵已苍然老去，但历史不老、岁月不老，痛楚与牺牲自然也不会衰老。我想，这就是立碑者的心中构想吧！

自赤塔归国，途经后贝加尔小站，等待满洲里国际旅行社的班车来接，一等七个小时。苦候之际，猛见不远处又是一辆巨大的坦克，傲然装饰着火车站的风景，赶紧凑过去留影，那坦克沉甸甸地睡在土墩上，炮管直指青天，身下是兴致勃勃以货易货的中俄边民，这是一种“战争与和平”的绝妙写照。

以诸多坦克为城饰，大概非俄罗斯莫属。

由坦克的城饰想到古炮的栏杆，我想尽管民族习俗不同，宗教信仰各异，但人民对于和平的愿望却是不约而同的。一座城市敢于用兵器作为饰物，起码给步入这城市的人一种安全感与信任感。当然，先决条件是那大炮须大头朝下，坦克也须焊死了炮塔。

> 2000年10月在叙利亚和孩子们在一起

拙政园的荷

走过若干次苏州，也叩访过举国闻名的拙政园——中国园林艺术的一粒硕大的明珠，但哪一次也不像今天这般有趣。

今日立秋。

仿佛逃跑般自京城奔出，北京今年苦夏，大热中蒸腾着暑气，北京城变成了一间巨大的桑拿蒸气浴室，略一行动，便一身的白毛汗。因此闻说苏州拙政园举办荷文化节，这消息已具爽意，及至一到苏州，踏入拙政园的那一刻起，便落入荷的包围中，荷香丝丝，荷风飒飒，荷花婷婷，荷叶翩翩，若手持一个莲蓬头，分明变成宋朝玉雕人物——执荷童子，雅极，美极，剥食莲子的刹那，有恍若梦中之感。

拙政园内游人如织，男女老幼，中外嘉宾，为美丽的园景所沉醉，在小桥流水和亭堂廊榭中穿行，在夹竹桃灿烂的花下留影。在与金鱼们的对视中找到莫名欣喜，在同荷花们的邂逅中感受“香远益清”的古典情致，我们则由拙政园的建设者引领着，观雅石、赏盆景、辨荷色，一阵不请自来的江南雨，江南的立秋雨也来凑趣，淋湿了石径和花木，雨从芭蕉叶上滑落，把“雨打芭蕉”的浓浓诗意迅速传导开来。此刻撑一把伞行在拙政园，你分明变成一朵行走的莲蓬，雨打芭蕉，有音乐的叮咚和天籁；雨打荷叶，又有“大珠小珠落玉盘”的俏丽。听江南秋雨一声声叮咛，你的心立刻酥软了几分，也柔润了许多。

一位朋友为我们讲荷，用她的糯且甜的苏州话，吴音软语中透出学识和见识，于是我第一次知道荷有三百多个品种，且分塘荷、盆荷和最小的碗莲。塘荷种植在水塘中，高大粗大；盆荷种植在水缸中，较塘荷略小，但可随意搬动；最小的品种是碗莲，一碗清清水，两朵白莲花，可助谈兴，可佐茶趣，属于荷花中的“迷你型”，是人们精心培育出的品种。

荷花又称莲花，此外还有藕花、水芙蓉、芙蕖、菡萏等别称，为多年生水生花卉，叶大而圆，翠绿如盖，花分红、白两色。我国民间以农历六月廿四日为荷花生日，在《瓶史·月表》中把荷花称为“六月花盟主”。中国传统文化中荷花占据极重要的位置，佛教中佛陀所坐的为莲花宝座，哪吒三太子是莲藕身躯。荷花具有多种意蕴，出淤泥而不染，喻其气节；“灼若芙蓉出绿波”，状其动人；“我有银瓶秋水满，君心不似莲心短”，指情谊深厚；“白藕作花风已秋，不堪残睡更回头。晚云带雨归飞急，去作西窗一夜愁。”这首宋代女诗人王氏的诗，以秋雨中的荷花自喻自怜，使当时一位鳏居的男诗人赵令畤（德麟）读后折服，与之结亲，于是传为“二十八字媒”，其实真心的还是“花为媒”，荷花媒。

宋人范成大，暮年归隐苏州石湖，曾专门写过苏州的荷花，最有名的一首是《立秋后二日泛舟越来溪》，诗曰：

西风初入小溪帆，
旋织波纹绉浅蓝。
行到闹红无水面，
红莲沉醉白莲酣。

红、白两色的荷花，拙政园中比比皆是，且分单瓣、复瓣。最可爱的是碗大的荷花在似开未开之际那一种娇羞，那一种嫩红，你感到天地间的灵气全聚集在这颤颤的花瓣上，而细密的雨丝呢，是为这绝美的花传递宇宙间的信息，在润花的同时，也催促、叮咛着什么。

五百年的拙政园，历尽岁月的沧桑，迎迓历史的变迁。此刻以几池秋水红荷为我们贺秋，与范成大相比，我们早了两日。踏秋拙政园是一种人生的幸运，而拙政园的秋色因“红莲沉醉白莲酣”的点缀，更加具有审美的意蕴。何况东道主以清香甜美的莲蓬相赠，一粒粒剥食莲子的过程，便是品尝拙政园的荷意与秋韵的机缘。这机缘，该是多么的难得一遇啊……

独 旅

独旅不是孤旅。

孤旅很古典，很萧索。古道西风，夕阳西下，加上老树枯藤的背景，一个旅人，踽踽独行，路畔似有丝丝衰草，绊扯着瘦且老的马的蹄子，凄清且无奈。举目无人，孤是真孤。

独旅则不然，说白了，不过是独自旅行罢了。没伴，没旅伴，一个人，挎个旅行包就走。奔塞外，出山海关，往科尔沁草原的腹地深入一遭。

这不挺好吗？不是骑马，是乘火车，草原列车，正是深秋时节，你随风潜入草原，悄没声的，像一匹孤独的狼。

想到“孤独的狼”这一意象，我真的很得意。

上车时已是傍晚，共和国成立五十年大庆前夕的一个傍晚，北京城里张灯的张灯，结彩的结彩，一派喜气弥漫的节日气氛。热闹，半个世纪赶上一趟、一遭、一回的热闹，可我却鬼使神差地离了京城，奔向冷寂和辽阔，不敢说是逃避热闹和喧嚣，离故乡太久了，恰好趁国庆的富裕假日，回归故乡，没跟什么人打招呼，自己去排队买上车票，不贵，才二百块钱不到，硬卧。

北京西直门客站，简称“北京北站”，较之南站永定门、东站北京站，以及刚建成不久就毛病百出的北京西客站而言，大概是最不讲究、最少变化的一座火车站，两层楼的小站，如果拍20世纪20年代“伪满”故事片，是最合适不过的背景。这车站也许是专门为了接待东北一带的旅客，简陋粗放的风格，也极贴近东北。举例说吧，进站时须在露天排队，走一个侧门，队伍逶迤，检票员一夫当关；入得关口，猛一下子，火车就停在你面前，没别的，捏紧刚剪的车票，奔向您的车厢就是了。步履匆匆也好，踉踉跄跄也罢，大呼小叫抒豪情，扶老携幼似逃难，都没人管你，自在，爽快。北京北站的站风，历来如此，半世纪没怎么改，要不怎么叫传统呢？

独自一人，进得硬卧车厢，放下行囊，却见对面下铺已坐定一个汉子，正满眼笑意地瞅着自己，点点头，略一寒暄，扯过被子倚定，就成为一个简易沙发。粗估一下，这汉子满口故乡口音，便问他去哪儿。说是通辽。通辽人吗？不，开鲁人。我乐了，敢情一坐上这草原列车，碰头碰脸的就是乡亲，想躲都躲不开。

独旅顿时变了味，乡情如火，乡音似酒，还真的有酒，不光是二锅头，还有一只大烧鸡，小咸菜，让对面的汉子好一阵忙活。

我胃弱，酒功早废，看着他邀一同伴大啖。

再深入聊下去，才知这汉子姓葛，是开鲁县一位老书记的儿子。老书记十年前离休，现在城郊养鸡种树，成为一个农场主兼现代陶渊明。这汉子则偶尔下乡帮帮老爹，享受一下新鲜空气和乡间绿色食品，本职工作则是外贸。

恰巧我的父亲20世纪60年代也任过这一职务，调北京之后，故乡常有人来造访，便说起这段往事。没想到旅伴“哇”一声，说知道知道，我不光知道，还去过你家，不过，那是二十多年前的事了，你爸爸可是个热心人。

夜深人静，惟有车轮的吱嘎声碾过关外的黑土地，也碾过我不眠的心。萍水相逢的故乡人，古道热肠酒量奇豪的故乡人已经鼾声如雷，他能吃能睡，却把万千思绪留给了我。本想享受独旅，孰料一下子落入故乡故土故人堆中，酒气蒸腾中忆旧怀乡，我才发现自己的京腔京韵竟有几分古怪起来。

一宿无话。

通辽到了，与乡亲们告别，出得车站，马上购一张到霍林郭勒市的票，那城市在草原的最北面，出上好的煤。城名霍林郭勒，站名珠斯花，一个美丽的名字——我在通辽仅逗留两个小时，然后驱车珠斯花，这是一段全然陌生的旅程，我须先找个地方排遣两个小时的空暇。

通辽有我诸多亲友，叔叔、姨姨、表兄、表弟，但我没有向他们任何人通报情况，一怕麻烦二怕时间紧。两个小时里，坐在火车站附近的小旅馆里等火车，顺便洗脸刷牙看电视，独自一人，无牵无碍，大自在的感觉，奇妙无比。没有电话，也不必打电话；没有应酬，也没有人应酬你，你静静地倚在小旅店的床头，看一个编造笨拙的电视连续剧。这时你会觉得天地间就你一人，你这瞬间的生命浑似一张断线风筝，飘飘荡荡，置身九天云里；这时只要你拨通一个电话，你的断线就会马上被捏住，连接，你会重新回归热闹与喧嚣，清净不复存在，寂寞顿时逃逸。我可不那么傻。

正胡思乱想着，门一动，走进一个皮衣汉子，和我一样是候车的旅人，健谈，善聊，聊到最后，竟然索要我的身份证件，敢情他怀疑起我的身份——我冷冷地拒绝了他。这是个开小煤窑的经理，许是我讲的几个关于小煤窑的故事吓坏了他，譬如某地小煤窑连续发生坍塌事故，伤人死人，其实是一伙凶手故意杀人继而制造索赔事件……把皮衣汉子吓唬走，赶紧反省自己不该如此恶作剧，可时间已到，该向霍林格勒出发了。

车厢很空，每排座位都空着好几个座，旅人们有躺有卧，中午时分，草原上的秋阳射入玻璃窗，给人一种催眠的感觉。我一个人守定一排座位，把北京携来的报纸摊开来逐一阅读，报纸多且杂，顺带一本新出的《十月》，打发独旅提供的闲暇。

有人坐过来，似乎是在扎鲁特旗车站停车时上来的，一个不苟言笑的中年人。也许是我的报纸诱惑了他，他向我索报阅读。过一会儿，又打听我到哪里下车，我告诉他到珠斯花，随后问"珠斯花"是蒙语中何意。"少女的脸蛋。"中年人告诉我，同时浮起一丝幽默的微笑。他问我到珠斯花找谁。我说找一个扎鲁特旗籍的作家，叫江浩。中年人更乐，说江浩是自己儿时的伙伴，熟极了。

其实霍林郭勒市我还有一位表哥，是霍林河煤矿集团的党办主任，我想先自己悄悄地潜入，然后给表哥一个惊喜——既然是独旅，一切须独自完成，麻烦表哥，显然不合我的性格。不过这一切我都没说，火车管自隆隆地驶向前方，草渐稀黄，山渐高，气温也渐渐冷了起来，"少女的脸蛋"珠斯花，居然隐身在蒙古高原的最北端！

抵达珠斯花时，已是暮色苍茫、万家灯火时分，车站上有一个披着军大衣的汉子兀立着，细看正是江浩，科尔沁草原走出的文坛怪杰。随他进入宾馆，刚进门，却看到表哥正在门口迎接，不过他迎接的不是我，而是同车而来的内蒙古自治区"双拥"检查团。

与表兄就这样奇特地相逢了。我一天一夜的独旅，从此遁入历史。表兄有手机，见面之后便向大嫂通报，继而又向远在北京的他的二姨父即我的父亲大人汇报，表兄把我独旅的设计方案在瞬间毁坏殆尽。他得意地问我：“来到霍林郭勒有什么感想？”我摇摇头，说不出什么感想，只是追问一句：“明明是霍林郭勒，车站为什么叫珠斯花？”不得要领。酒宴已经摆起，剩的只能是微醺的缥缈，还有，喜庆欢乐中的那一种致命的喧嚣和热闹……

> 2011年6月在呼伦贝尔草原与蒙古族小姑娘在一起

享受旅途

据说时髦的消费不再是名牌商品或高价吃喝，更不是彩电冰箱卡拉 OK 唱机，而是——说来你肯定不信，是旅游。

别人不信，我信。我信是基于一条俏皮的新闻：美国青年中间流行日光浴之后晒成的橄榄色皮肤，这肤色的拥有意味着你曾在假期中去非洲旅游过。否则，否则你脸色苍白、肢体雪白，只证明你是地道的“一穷二白”。

中国人似乎还没到这种地步。中国是发展中国家，发展中国家的人们讲究实惠型生活，图的就是发展，所以旅游那种豪华型的享受不属于中国人。

但话也不能说绝了。事实上中国人拥有旅游大师徐霞客，拥有徐霞客就意味着拥有旅游的优良传统。另外中国人，尤其是中国的读书人从来不排斥读万卷书和行万里路，并认为两者之间是一种互补递进的关系。否则怎么有“搜尽奇峰打草稿”和“万里写入胸怀间”的壮美的诗句？如果再向历史的纵深处探寻，司马迁融考据于旅游；李白化诗意于旅游；谢灵运将登山旅游当成科技发明；借机创造了带齿的登山鞋；唐三藏的旅游因其宗教意义而愈见其宏伟博大；苏东坡则凭旅游的雅兴抵消了不断谪贬的烦闷，一鼓作气旅游到海南岛，到了天涯海角，皇帝与政敌终于没了主意，因此苏东坡的旅游虽然身不由己，却意兴酣畅。其实人生如逆旅，个人如过客，从历史的角度看每一个人、每一个伟人或凡人，每一个文豪或俗子，不都是一个行色匆匆的旅客吗？

英国谚语曾云：旅行家应有一双鹰眼，高瞻远瞩，一目千里；应有一双驴耳，能听到一切；应有一张猪嘴，能吃能饮；应有双峰驼脊，能驮负千斤；应有四条羊腿，永走不倦；应有——这是最重要的——两个旅行包，一个盛满金钱，一个装满耐性！

英国佬够尖刻，也够聪明，将出门旅游的好处坏处满足处不足处一一点透，您瞧着办。该走当须走，该游定须游。不必有那么多的顾虑、那么多的忌讳，按英国谚语规范的条例，反倒让你心定气闲——旅游出门，自然不比居家过日子，想到这一点，旅途就具有了相当程度的可爱性，消退了大面积的可怕感。人生何处不相逢，西出阳关有故人，你便尽情享受旅途，享受着火车轮子与铁轨无拘无束的聊天，享受着漫漫长夜带给活泼的思绪。你可以结交新的伙伴，乐莫乐兮新相知，在陌生人中寻找到缩短距离的快乐；你也可以一言不发独守寂寞，不必陷入无端应酬带给你的烦闷，这时你的享受可以称之为难得的人生境界——享受孤独！

每一处陌生的风景、每一幅罕见的画面、每一株树、每一只鸟、每一种首次品尝的小吃、每一个旅伴，以及旅伴讲述的新鲜的故事，都是一页未曾读过的有趣味的书。你用心灵翻动着它们，人在旅途，其乐无穷。

中国人还未曾富裕到自费出国旅游的程度，更遑论私人游艇、飞机、豪华专列。但我相信中国人的精神遨游传统，即便是到郊区一次平凡的远足，其精神实质也近似徐霞客——这是民族的伟大遗产，任谁也掠不走夺不去。

旅游会进入国人的正常生活，并成为重要的组成部分，关键当然是两个旅行包，一个盛满金钱，一个装满耐性。目前咱们不缺耐性，缺的是金钱。

国民经济一旦搞上去，人民手中有了钱，定让全世界在中国的旅游者面前大吃一惊，或者中国的旅游者将在世界面前大吃一惊，睁开眼睛看世界是一回事，迈开双脚去丈量那块土地又是另一回事。

旅游热会席卷中国的，你不信，我信。当然，公费旅游者不属此列。

我与云南

写下“我与云南”四个字，下意识地，想起云南的高山流水，古木修竹，云南的独具一格的云，情意殷殷的雨，甚至时而凶悍时而温柔的风，罕见但让人一见钟情的雪；想起迷人的滇池月，感人的石林歌，那篝火旁踏歌而舞的阿诗玛的族人，以及苦聪山寨一饮再饮醉入肺腑的木薯酒……

我与云南，实际上是云南与我。是云南的十年生活，以军旅的形式从另一种角度重新锻造、改写了我，以文学的形式从灵魂的侧面重组了我。1969 年初春入云南时，我只是北京一名幼稚的乍穿军衣的中学生；1978 年夏日别云南时，我已是一名颇具人生阅历的青年军官。

“灵魂曾经军衣染，从此常忆五星红”，是我总结云南军旅生活的两句诗，其实还可以用另外两句话来补充，这就是“曾饮滇中水，不畏高原寒”。云南事实上是我精神上的故乡。

云南与我，实际上也就是文学与我，军旅与我；云南与我，意味着冯牧与我，刘绮与我；钧龙、昆毕、张长与我，晓雪、马铭、水权与我，黄尧、先燕云、范平与我；云南与我，也等于李迪、杨浪、谢丽华与我，陈凯歌、王凡与我，包括汪曾祺、李瑛、凌力与我……关于云南的话题委实太多，故而在这样一个凝重的题目下，受昆华委托写下这样一篇文字，一下子竟不知如何动笔！

不久前我参与了冯牧文学奖的评奖和颁奖活动，我获得了一份极珍贵的礼物。这就是冯牧生前在云南拍摄的一段录像改制的光盘。择一个安静的时刻，我独自与冯牧对晤，我重新听到了他略带喉音的、吐字异常清晰的话语。冯牧在刹那间复活，以他那矫健的身姿，把我引入云南边疆的山山水水，我仿佛置身于一次时空倒流的奇异列车上，陪我的老主编兼老首长重走石林，寻访徐霞客遗踪，考古究今，我感到远行五年之久的冯牧，借助于现代化传媒工具，告诉我他远行的目的地既不在天堂也不在乐土，他在云南！

冯牧在云南永生着，是云南造就了冯牧，也是冯牧再现了云南，这是一个作家与一方水土、一块地域奇特而真实的共生现象，所以我写下“我与云南”时，我意识到，强烈意识到这一点。

我感谢云南，是《边疆文艺》培养了我。尽管当时的文艺思潮受极“左”思潮影响，阶级斗争的导火索时时冒出吱吱作响的青烟，可毕竟是云南的文友们让我初识什么是散文，什么是诗歌，什么是称职的文学编辑，什么叫组稿、约稿和改稿。作为当年的工农兵业余作者，我有幸承受过李鉴尧同志的指点，也接受过范平和张长同志的帮助，李钧龙与吴慧泉两位兄长，曾与我在20世纪70年代中叶深入滇西百日，壮游边地，访腾冲、走瑞丽、探龙陵、驻芒市，芒市的米酒之醇之厚，实为天下第一！

而第一个同我约稿的刘绮老师，用她那一笔斜斜的字，我感到她的字像被秋风刮过的稻谷，更使我贴近了《边疆文学》，不过它当时的刊名叫《云南文艺》，这是一个蛮不错的名字。是《云南文艺》使我结识了吴然与辛勤，还有罗云虎。我记得自己平生第一次“外事活动”就是与他们共同进行的，一个对中国极为友好的瑞典女作家在云南约见了我们，具体话题已有些模糊了，不记得她问了些什么而我们又答了些什么，好像与“三突出”有关，可我忘不了她的微笑着的蓝眼睛和一头金发，以及她的欧洲女子的高大身材。

说到“三突出”，我想到另一个文友王雨宁。当时他努力构思一篇小说，主要情节是阶级敌人（一个老地主）破坏公路。为避免与别人的作品雷同，一不能挖二不能炸，实在没招了，王雨宁只好让这反面人物择一个月黑夜，抱一块大石头，恶狠狠砸向公路。这个细节太让人感到好笑，所以我至今没有忘记——一群业余作者从基层来到省城改稿，大伙住在建设公寓的简陋客房里，八个人一间屋，开心、快乐，这就是世上所有文学青年的共同特点吧！

雨宁、雨谷两兄弟，均有文采，他们的父亲是老作家王梅定。如今梅定先生已逝，王氏兄弟，则不知近况如何。我想，小说于他们定是一种遥远的梦幻，那抱起石头砸公路的情节，没准王雨宁自己早已忘却了吧？

我与云南，一个无休止的绵渺话题……

竹　思

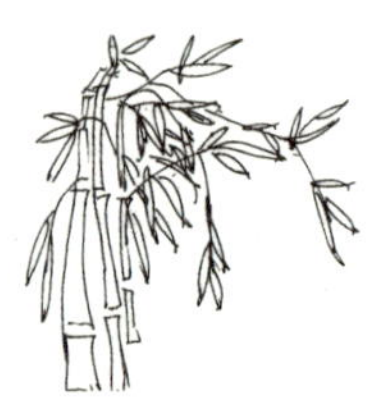

竹文化是中国特有的文化，假如我们判断不错的话，竹文化应是与儒文化相得益彰的一种文化。在竹子身上，儒生们或看到气节、风骨，或看到虚心、谦恭，《岁寒三友图》是这方面最突出的典型，松竹梅从此成为屡屡出现在各种器皿上的图案。

中国文人中与竹子最亲近的当属蜀人苏轼，他的名言“宁可食无肉，不可居无竹。无肉令人瘦，无竹使人俗”，道破了苏东坡酷爱竹子的心态，而他策竹杖的风姿，也从此凝固为一种“何妨从容且前行”的造型，如果没有竹林衬映在苏东坡的身后，他迷人的魅力会大大削减。

也有不善待竹子的文人，譬如杜甫先生，他有名句云：“新松恨不高千尺，恶竹应须斩万竿。”将竹给予如此恶谥，而且还要动一番手脚下决心“斩”之伐之，也是破天荒的事，杜甫为何如此憎恨“恶竹”，不得而知，但他在成都的草堂前不乏修竹若干，或许是后人代植的吧。

蜀南竹海，地处宜宾，有翠竹数百亩，依山而立，起伏若海，规模亦如一片波涛汹涌的大海，尤其是在高处鸟瞰，当云雾袭来之际，那种海的气势更扑面而来，耳畔似有涛声响起，如果此时有舟楫随绿浪起伏，注定是件毫不奇怪的事。

潜入竹海，同时也沉入绿海，呼吸着淡淡清香的空气，感觉到绿色的氧气正源源地输入到自己的肺叶里，像清洁剂般清洗着因都市废气而吃力开合的肺，你几乎能够瞬间感到这种大自然珍贵的赐予。甜丝丝的滋味通过喉头气管，流向四肢百骸，流向大脑及每一根末梢血管和神经，而满眼充盈饱满的绿色，让你快意沉浮，直若化身为一尾鱼儿，沿着印满青苔的小径，管自游向竹林深处。

竹海中的竹子，以粗大的楠竹为主，也有苦竹、慈竹、龟甲竹及人面竹。与一位竹海作家闲聊，才知道竹子也分公母，母竹产笋，公竹则无。再细问，才知每根竹子的某一根竹枝生出，这竹枝若分出杈的，便是母竹，不分杈者，则为公竹。

就是这么一点区分，简单，却又有大学问。记得若干年前走安徽，在批发砀山梨的一处集市上，我无意中也获得了类似的知识：梨如人类，亦分公母。母梨形大，且多汁甜美，公则逊色得多。

竹子与梨子岂止分雌雄，甚至还可能有自己的声音。近读《参考消息》，一篇题为《细听植物心声》的英国《泰晤士报》文章引起我的兴趣，该文的副题更妙："采花花朵哭泣，摘瓜黄瓜尖叫"，而且这项由波恩大学应用物理研究所完成的科技成果证明：如果配备合适的窃听装置，他们就能够区分健康与染病的蔬菜。同时波恩大学的科学家们认为，植物不仅仅互相交流痛苦与疼痛，就像人们在医院候诊室等候看病一样，它们还互相提醒面临的危险。

杜甫曾云："感时花溅泪，恨别鸟惊心"，就像他老人家要斩恶竹一样，这两句名诗无意印证了千年之后波恩大学科学家们的研究。诗人是大自然的一个特殊器官，越伟大越杰出的诗人越是如此，他们在倾听自己内心世界时也能倾听天籁，否则何来这千年之后的巧合？

蜀南竹海里的竹子，蓬勃旺盛到肆无忌惮的地步，坦然且坦荡地在竹子部落里快乐成长，较这城市庭院里那些盆景般缩在墙角里的同类，委实幸运和幸福得多。

当然，它们承受的关注甚至诗意的爱抚也少得多，这就是自由的代价。

竹海里的竹子们，肯定是有着自己的声音的，公竹和母竹会互相倾吐爱情；嫩绿的竹笋则会呼唤雨水和阳光；竹叶会在竹枝上迎风摇曳，把大粒的露珠调皮地抖落；土层下的竹根们会串门问好，甚至会互相提醒，跟头儿打声招呼，别忙着开花。

竹子一开花，就意味着生命的终结。

竹海里听竹，一种人生的雅趣，是机缘，也是绿染灵魂绿透身心的一种洗濯。

不夜情

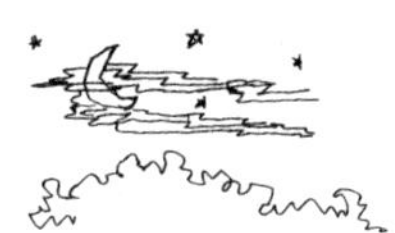

生活发展到现今，夜显得格外有魅力。尤其是都市之夜，马龙车水，酒绿灯红，舞会、影院、剧场，让你流连忘返；小吃摊和夜市，又让你寸步难移；更甭说那些风情万种的音乐茶座和酒吧了。

但都市的夜千好万好，独缺少了一种幽静，几分恬淡。若想在都市里觅“静夜思”的意境，没有几年气功，还真不行。再加上汽车马达凑热闹，偶或有赌气的司机手指头发痒，按几个喇叭逗闷子，那“静”就更逃到了墙角旮旯小胡同，让你可想而不可即。

因此说噪音污染是城市的隐患，这话绝对正确。你想想看，成天让汽车卡车的大轮子从脑门儿上碾过，碾出一道焦躁的思绪，任谁也顶不住。

每逢这时，我便想起生活中经历过的三个夜晚，三个绝妙的夜晚。拿这种回忆当做噪声减弱器，不失为一种治疗手段。

这三个夜晚，时间不同，地点各异。第一个夜晚是在云南的滇池，在一条渔船上；第二个夜晚则在承德的避暑山庄，和一群文讲所的同学们；这第三个夜晚更有趣，在宁夏中卫县的沙坡头，腾格里大沙漠的腹地。

三个夜晚的时间跨度，起码有十三年。可是它们留给我的印象却随时间的流逝而日益鲜明，以至于回想起来，胸中还涌现着异样的感觉，好像这回忆是一种极其难得的权利似的。的确，我的生活太忙碌，也太驳杂了，能静下心来回忆某个静谧的夜晚，太不容易。再则回忆的专利似不属于我和我的同龄人，换言之，我们没资格回忆，至少在目前如此。

回忆向来是属于白发苍苍和胡须满脸的。可这三个夜晚实在太美，无论怎样忙，也须再品咂一下它们的滋味。

先说滇池之夜吧。

那是个中秋之夜，我们一行人借得一条渔船，向滇池的湖心缓缓驶去。渔船没有张帆，一个汉子摇着橹，咿咿呀呀，船在橹声和月色里静静地移动着。

我平生第一次乘船游滇池，目光四处寻觅，想看清西山睡美人的芳容，前面是无垠的波光涛影，再就是无尽的月色，迷迷蒙蒙，除却一轮皓月，别的什么都看不清望不透。月亮白得发红，似乎有体温。

手伸向舷边，水却是温凉的，油腻如脂。一股水流在舷边泼溅起游戏似的浪花，又匆匆逃开去。不知是小鱼还是水草，轻轻撞一下我的指尖，又倏然离去。滇池托着我们这一群兴致勃勃的人，显得格外妩媚，有耐心。

旁边隐隐荡过几艘小艇，想必是和我们一样的游人。待小艇与我们的船儿擦舷而过时，艇上猛然飞出一声甜脆的山歌，山歌的内容是问询我们船上的阿哥，可否愿意到她们那儿做客？不知名的女高音歌唱家，借月色的滋润，唱得热情而泼辣。

原来，这是滇池上对歌的规矩。我们一行人静静地听着这水面上荡开去的歌声，分明都有些呆住了。没有人去应对，也没有人敢于去应对。平时自鸣得意的诗词歌赋，在这一刹那变得分文不值，滇池上的渔歌子，就这样以自己的朴实泼辣和突如其来，楔入了我的记忆。小艇载着女歌手，也载着她和她的歌，她的笑，消失于无边的月影里。滇池的夜，也因了这甜脆的山歌，添了几星粉红色彩。

这一夜，我惆怅了许久，许久。

避暑山庄的夜，则又是别一种氛围、别一种格调了。

其时我与文讲所（即现在的鲁迅文学院）的一班同学，到那大清皇帝的行宫去旅游。四五十位青年作家、文学编辑，来自地北天南，第一次聚在一处，免不了想热闹热闹。

住在山庄招待所，夜里无事，一位好事者提议夜游山庄。一呼百应，晚上十点多钟，大家兴致勃勃地踏月出游。

偌大的一座山庄，仿佛只剩下一具庞大的躯壳，静得有些令人心悸。我们沿着小径，分成几个群体散乱地走着，夜很黑，月亮躲在云彩的厚帷里，迟迟不肯赏光。偶或有人发出惊叫，那必定是被石头或树根绊了一跤。这种夜行的情景，颇有些像一支部队的夜行军。只不过夜行军有明确的目标，而我们属于盲目游走。形象点说，像一群溃兵。

走着走着，不知是谁回忆起了童年时的恶作剧，便悄悄地埋伏在路旁，待后面的群落走到跟前时，跳出来一声大喊："留下买路钱！"于是山庄内顿时充满了埋伏和恫吓的声音，似乎转眼间梁山泊好汉全伙移入了避暑山庄。

嬉游了一阵，又觉得无味，脚也走得乏了，大家开始向山庄最高的一处亭阁登去。这时，月亮渐渐露出皎洁的本色，黑漆漆的夜掺入银白的月色，竟有些黎明时晨曦的模样，彼此的脸庞也能渐渐看清。大伙为月色所洗浴，身心一下子静谧起来，便抬头定定地望月，望月中桂树的阴影，望吴刚那柄倒霉的斧头，当然，更不乏伫望嫦娥倩影的登徒子。

望了一阵，似乎又太静，一静，都感到冷寂。不知又是哪位好事者吼了一嗓子："欢迎高红十唱歌！"女诗人高红十也不客气，亮开喉咙唱了一曲山西民歌。歌名《走西口》，婉转多情，唱尽了儿女情长，也唱尽了人生艰辛。

红十管自唱着，她的嗓音尖脆又透着甜润，声音如一柄薄刀般划破浓浓的夜色，传得很远很远。

我们全体都被红十的《走西口》所感动，所震撼，适才的喧闹、夜路上的恶作剧霎时间不存在，宇宙间只留下一缕如泣如怨的歌声。这歌声仿佛原来就贮存在我们每个人的心底，只不过在这山庄的静夜里一下子被红十唤出；又好像原来就属于这古老的山庄，今夜特意来和我们相聚相会。

红十不是歌唱家，但毫无疑问，在避暑山庄的那一夜，她达到了歌人合一的难得境界。从那以后我再也没听过像《走西口》那样迷人的歌子了。我相信今后也不可能再听到，任何美好的事物，属于你的往往只有一次机会。

当然，记忆的唱片可以不断旋转，重放那难忘的歌声，可毕竟不是"原版"了。

腾格里的夜，带着几分偶然和奇诡的色彩，当我回忆它时，心灵还感到某种慌悚，那是一次和大自然真实面目的彼此相窥视，也是个人与宇宙、短暂与永恒的一次邂逅。

我同宁夏的诗友肖川参加一次自治区青联组织的活动，肖川是自治区青联副主席，很热情的一位诗人。他邀我同访沙坡头，还说要在腾格里沙漠野营一夜，帐篷都带好了。

当时我出差宁夏，也只有三五天的逗留，下一站还要到甘肃、兰州、青海、西宁。可耐不住腾格里的诱惑，我兴冲冲地应邀前往。

沙坡头如今是极有名的地方，我们走访时，它还有点默默无闻，但它的沙坡鸣钟是那么奇妙，治理沙魔的草方格又是那么有趣，而九曲黄河又显得那么驯良，刺槐、沙枣和胡桃把浓绿又贡献得那么无私，这都足以让我们入迷了。

夜里，我们点燃篝火，围坐在腾格里沙漠的怀抱里。大家轮流唱着自鸣得意的歌。又讲着自我欣赏的笑话，笑声似乎使篝火烧得更旺。到午夜时分，篝火熄灭，我们坐在帆布上，听九曲黄河在脚下流过，那涛声多像是腾格里的鼾声啊！

忽然天空落下了大粒的雨珠，温热的沙漠雨，把我们逼进了匆匆搭起的帐篷里。它像顽皮的孩子,拔脚又跑回了远方,雨后的沙漠，更静寂，也更清冷。白天的喧闹被这阵雨席卷而空，辽阔和寂寥的宇宙，化身为腾格里之夜，在向我们发出呼唤。

我们悄悄走出了帐篷，向腾格里腹地走去。

先穿过固沙的草方格营阵，这是草障植物带，用麦秆埋在沙土里,构成半米见方的网状方格,像一道巨网,罩起不安分的黄沙。这时我觉得自己像运动在巨大棋盘上的一枚围棋子，新鲜而又有趣。过了草方格，是一簇簇高矮不一的灌木，它们蹲伏在夜色里，像熊、像虎，有时又像人，枝杈时时挂住你的脖领，让你惊出一身冷汗。这是防护林组成的营垒。

走出这些树丛和草方格的迷魂阵,还没见到真正意义上的沙漠。到眼前出现一道矮墙——由玉米秸组成的阻沙带时，试着翻越近一人高的矮墙，才算抵达了腾格里沙漠的腹地。

对于黄沙来说，这道绵延无尽的矮墙，分明是一道万里长城。我们一行人小心翼翼地跳下“万里长城”,便置身于黄沙的“塞外”了。

夜的沙漠，起伏的沙丘，波浪状向远方滚动，滚动时没有一丝声响，以一种凝固的伟力吞噬着一切。我们踏在这亘古荒凉的沙海上，一步一陷，不知道前面是什么，不知道左右又有什么，只知道腾格里以高度的轻蔑在迎接着我们的挑战！

据说最高的轻蔑是无言。

我们有些恼怒，为自己，也为腾格里。想唱些雄壮的歌子，说些轻松的笑话，减轻一下腾格里大沙漠在午夜里施给我们的压力。可是办不到，歌声和笑话躲进了沉寂的沙丘下，不肯出来为我们效力。

终于,谁也没有勇气再向前走了。夜走腾格里固然很英勇,可是，想到前方那无垠的沙海，我们终于选择了三十六计中最聪明的一计，走为上。

我们匆匆顺原路返回，流沙陷住我们的脚，把鞋子塞得满满的，这种热情的挽留加剧了我们的狼狈，一位曾到过新疆的伙伴，以颤抖的嗓音讲述了自己一次沙漠遇险，他的回忆使夜色中充满了神秘的恐怖。我走在最后，时时觉得脊背上有一只轻柔的大手在抚摩，这大手的抚摩使我不敢回头，尽管我知道，背后什么也没有，只是一片无生命的沙漠！

草方格棋盘到了。踏进它们的营垒，我们不约而同地松了一口气，这是人类文明的标志，也是人类同沙漠挑战并战而胜之的武器，尽管这战果远非灿烂辉煌。

腾格里大沙漠的一夜，使我悟到了宇宙的宏大，大自然的伟岸，也感觉到了自己生命的微不足道。永恒和瞬间，不朽与速朽，就这样很偶然地教育了我。

这真是哲学与生命巧妙组合的一夜。

事后我查了一下地图。包兰铁路从腾格里沙漠穿过，沙坡头正处于它的南端。人类扼制住了沙漠对铁路的侵袭，铁路像一条文明动脉般穿行于沙漠的心脏，我们那一夜所走过的，只不过是铁路两侧的保护地段而已，顶多向前延伸出两公里。

然而，都市的两公里和沙漠的两公里，给人的感受又是多么的不一样！反差又是多么的鲜明啊！

如果说滇池的夜用温凉的水和朦胧的歌，给我以温馨的记忆；避暑山庄的夜用团体的喧闹和突如其来的静谧又赠我以遐思的话；腾格里的夜则别具一格和凝重的厚实，它于无言中给我某种生命的感悟，使我隐约找到了人（当然也包括自己）在大自然中的位置。

生活中多几个这样的夜晚，想必是十分惬意的吧。

“被祝福得淋漓尽致”

——记泼水节一日

本来我这篇文章有个很诗意的名字：《泼情·泼水·泼欢笑》，起名之后向同行的汪曾祺老人家讨教，他摇摇头说太俗了。

汪老是散文大家，又是“老云南”，他的话自然带有极大的权威性。于是再琢磨，再沉思——都怪我写文章必先定题目的怪毛病。可是无论我怎么构想，都躲不开“泼水节”三个湿漉漉的字，它们浓浓地洇入我的记忆，浸润我的大脑，我甚至还感觉到了被欢乐的水从脖梗儿后面倾倒时的猛一激灵！

我真的猛一激灵，想起泼水节后汪老幽默地调侃我们一行人的名言：“被祝福得淋漓尽致。”

汪老否定；汪老肯定。

否定与肯定，反正就是这个题目了，我想。因为汪老概括得实在准确和生动。

吉祥和幸福的水先是一点点撣向我们，随着笑声的增多，水量也变得充沛，由撣变扬，继而由扬变泼，由泼变倒、变倾、变浇，最后每个人都成为水做的人，每根头发上都挂着水滴，每个毛孔里都渗出幸福，跟前晃动着的姑娘是湿漉漉的，小伙是水淋淋的，小娃娃们更如一汪清水，把清亮亮的水和笑声跳跳蹦蹦地喷溅出来。

泼水节，傣家的狂欢节。

我们似乎比畹町的居民们更投入，因而也更狂热、欢乐。

畹町的泼水节，分明属于我们；属于冯牧、李瑛、汪曾祺、尧山壁；属于凌力、李晓燕、黄蓓佳和陆星儿；属于参加“红塔山笔会”的每一个人。

我们忘记了入场仪式的庄严，挤在景颇刀队里威武地照相；跟在傣族舞队里旖旎地模仿；我们敲敲芒锣，又击打象脚鼓，感到这古朴乐器发出的音响奇妙之极；我们吃一口“泼水节粑粑”又大喘气，怕被香甜和快乐哽塞住喉咙;我们踩着泥泞忘情地跳舞，听任亚热带的阳光热情地爱抚；我们泼别人又被别人泼，彼此泼得一塌糊涂，直到喊哑了嗓子笑出了眼泪仍不能自已……

人生难得几回大笑。人生更难得有几遭忘情地投入。

何况是一群平时矜持古板不苟言笑的作家？！

既然如此，就让清凉纯净和真诚的水来一洗铅华，洗去一切的无奈和造作，返璞归真好了。

这就是泼水节的真谛之所在。

泼水节是一种情感的宣泄。

姑娘的美丽凭承受的水量来衡量，小伙子的剽悍也靠那些纤纤素手的挥洒来验证。

于是满街溅起水花。美丽的姑娘几乎寸步难行，她为自己的美丽付出的代价是淋漓尽致的祝福，迎面的每一群小伙子都可能泼得你哭笑不得，你会感到天地间只剩下一道水帘，你几乎永远穿不过去，也无从躲避。

泼水节甄别美丽与平庸，自有自己独特的尺度。

潇洒的小伙子同样面临这种鉴别。不过他更灵活和机敏，因此他有可能躲避几桶过于猛烈的倾倒，然而当他沉静下来准备歇息一下抽支烟时，很可能一桶水会从天而降，随后是一串银铃般的笑声。于是小伙子扔掉面条状的香烟，兴冲冲去追寻那一串笑声了。

泼水节嘲笑庄重，泼水节推崇放肆。

男女授受相亲，在“落汤鸡”般的氛围里你会感到满不在乎，真应了一句谚语：掉进河的人不怕下雨。

于是便剩下快乐与喧闹。

那贴在身上的衣衫，也恨不得一把扯了去呢！

痴长四十岁，何时有这种疯狂？凭这一点，就应该向了不起的傣族朋友致敬，感谢他们送给我们一个伟大的泼水节！珍贵的泼水节！美丽而忘情的泼水节！

或许从此沾不得一个水字，连洗手都要忆及畹町，忆及泼水节。北京的自来水龙头，能消受得了如此沉重的思念吗？

哦，泼水节，淋漓尽致的祝福……

博物馆札记

也许我注定要累一回，写下这篇费力不讨好的散文。

博物馆是一座城市的客厅，是浓缩的历史，是穿越时空的风情图画，是历史学家、考古工作者费尽千辛万苦带你享受的瞬间快乐……还可以把博物馆比做历史积木、风习集锦，短、平、快的都市导游图。总之，照我看来一座没有博物馆的城市等于没有历史的影像，再大而言之，没文化。

我喜欢每到一地先逛博物馆。

两年前访问南斯拉夫，南斯拉夫正被国际社会制裁着，自然也穷困窘迫着，但是贝尔格莱德和诺维萨德两座城市的博物馆却整日开放。博物馆里很安静，展品们静静地与我对视，那些古陶瓷、古代印刷品和宗教建筑物上的浮雕，那些精美绝伦的木刻、油画，使我感受到塞尔维亚人那酷爱艺术的高贵气质，凭镇日里开放博物馆这种坦然的气魄，南斯拉夫人民岂能轻易屈服。

有一年我到台湾，冒雨访问“故宫博物院”，老诗人楚戈充当我的导游，我看到了整整三个展厅的溥心畬先生的绘画作品，从丈二中堂到二三寸高的小小手卷，我于是发现溥心畲的画是愈小愈精美，美不胜收。那一日我还见到了余光中先生咏过的“白玉苦瓜”，果真是一方美玉！我甚至还见到了唐玄宗祭奉泰山的玉简，见到九块无价的田黄石雕就的印玺。唐玄宗的玉简是马步芳捐赠的，当年他在泰安驻防，不知怎么把这玉简弄到了手，以后携着玉简从大陆逃到台湾，弥留之际，将国宝捐了出来。

近年我出差的机会不多，算起来有两座城市的博物馆留下极深刻的印象。

一是云南民族博物馆。这座投资一个多亿的博物馆，建立在昆明海埂，又称昆明滇池国家旅游度假区，对面就是鼎鼎大名的民族风情村。那一日我们去参观民族村，先声夺人的却是这座恢弘崭新的民族博物馆，在鱼与熊掌的取舍中，我断然放弃了民族风情村，一头扎进了博物馆。这座博物馆有十六个展厅，六千平方米的展出面积，我们从一楼到二楼，一个厅一个厅地参观，听不同民族的女孩子讲述着本民族的历史，地域文化、服饰文化、饮食文化及狩猎、嫁娶、丧葬文化一一呈现出来，白、傣、苗、佤、哈尼、僾尼、撒尼、苦聪、拉祜、悠诺，以及云南这块神奇土地上生活着的众多兄弟民族，以图片、摄影和实物的形式走进我们的心灵，我们被惊骇、震慑，又被喜悦和陶醉，应该承认，我虽然在云南生活过十年之久，但这样集中强烈地感受云南，却是平生首次。

另一处博物馆在上海。

去年5月，参观了刚刚开放的瓷器、青铜器和石雕三个展室。我惊奇地发现“上博”前面的喷水池大气磅礴，在灿烂的初夏的阳光照耀下，时或有霓虹般的效果出现。而一旦步入展室，你不能不被那丰富的藏品所吸引、征服，凝重、远古的艺术珍品们，借助于青铜和瓷质的身躯，用坚硬如石凿般的喃喃低语，讲述着伟大祖先们那昔日的辉煌。“上博”的展品，摆放得恰到好处，背景也努力追求与展品相同的氛围，说明写得明白晓畅，既有考古学的底蕴，又不乏文采。总之，进入上海博物馆的刹那，我仿佛进了一个高贵古朴的艺术圣殿，我为大上海拥有了与自己身份相称的一流博物馆而深深地激动、自豪起来。

博物馆是博大精深的所在，若干年前我在福建厦门，拜谒著名爱国侨领陈嘉庚先生在集美的墓地，他老人家看来是博物馆的爱好者，将自己的陵墓前摆放了不计其数的石雕动物，还有若干浮雕故事，连小学生刷牙的图案都有——陈嘉庚给自己的墓地前这组庞大的石雕起了个谐音，叫“博物观”。与“博物馆”相比，“博物观”三个字，或许寄托了爱国老人一种拳拳之心，博物意谓博识，博识之后才有眼界胸襟，“双目自经秋水洗，一生不受古人欺”，经得多见得广，在比较鉴别之中，你的事业也就有了成功的基础。

博物馆有专门的博物馆学，因为从未涉足，不敢说三道四，只是从直觉上，我认定一座城市博物馆的多少、管理水平的高低、建筑面积的大小，是衡量一座城市文明与现代化水准的重要标尺，也是鉴定这座城市的管理者智商与文化水平的砝码。

当然，更主要的还是对这座城市富裕和贫困的一种检验。一穷二白时节，博物馆再好，也不能大庇天下寒士俱欢颜，盖宿舍要紧，其他事，再说。

博物馆事业方兴未艾，方兴未艾的博物馆证明着什么，还用得着我多说吗？

落　马

从小在科尔沁草原上长大，可惜从来没骑过马。

从没骑马的原因很简单，一是住在县城里，没马可骑；二是从打记事起耳朵听的全是烈马拖死骑手的故事，害怕。

后来走南闯北，远离了故乡，在云南入伍，到京城定居，与自行车形影不离，与骏马则成为遥远的思念。

不过要说骑马的经历从未有过，也不准确。北京有一处叫做十渡的风景点，可以骑马照相，若干年前我骑上马背，留下过气概不凡的英雄姿态。那次骑一匹枣红马，站在十渡的河滩上，感觉不坏；还有一次是远在甘肃，在“西出阳关”的典故源头，背景是坍塌的烽火台，以及无尽的大漠戈壁滩，我骑在一匹白马上，不但照了相，还走了几十米，感觉仍然不坏。再往历史的纵深处追寻我的骑马史，就是母亲的叙说了：母亲怀着我时曾有一次骑马，马惊人落，那马踏在母亲胸口上，蹄子若踏下二寸，我可能早就不会坐在这里写什么关于落马的文字了。当时我七个月，虽未来到这个美好的世界，但按照人道主义及人权主义的解释，我已具有一个人的权利，故而我骑马的历史已有四十四年，落马的历史与其同步。

最近的一次骑马是在 1995 年 8 月 26 日，落马亦在此时。地点在故乡科尔沁草原，著名的风景点大青沟。

我此次回故乡，专程为的是一位蒙古族军旅作家巴根的长篇小说《成吉思汗》而来，来去匆匆。来科尔沁草原之前，我在长春参加一个与农村题材的文艺创作有关的研讨会，这个会上午闭幕，中午我就驱车赶赴哲里木盟的首府通辽，巴根是该地武警支队的上校政委，以写《僧格林沁亲王》而著称，在北京曾专门组织过这部书的研讨会，及至到第二部《成吉思汗》，我们就索性出关一回。同时出关的，还有我的老领导、《文艺报》前主编谢永旺，老朋友雷达及蒙古族评论家特·赛音巴雅尔。

巴根的《成吉思汗》讨论很成功，热烈、认真且深刻，这都是意料之中的事。讨论过后有一日空暇，老谢与雷达没到过大草原，东道主拉上他们奔向扎鲁特旗，说那里有地道的草原风光让他们欣赏；我则提出一走大青沟，因为从不少人笔下读到过大青沟的奇特，说是大漠中横切出一条深达百米的沟壑，绵延几十里，直通辽宁地界，沟里溪水潺潺，林木蓊郁，风景十分奇丽。

于是兵分两路。

大青沟的确名不虚传，它事实上是地壳运动中形成的一种特殊地貌，从沟沿向下探望，不见沟底深与浅，但闻人声传出来。我到过长白山的地下火山，与大青沟的地形十分相近。秋日的大青沟，青得异常彻底，知名或不知名的树木，密匝匝拥成绿的营垒，绿色成团地从地下涌上来，与蓝天接壤处，被洇染成起伏有致的一条界线，如齐白石勾勒的苍劲有力的线条。青与绿，愈到近处愈分明。及至沿阶而下，刚走数步，清冷的气息便包围了你，青与绿的颜色具有了可感触、可呼吸的意蕴。

大青沟的确妙不可言。

我们一行五人，上有老，下有小。老者为我的父执辈、原哲盟文化处长赵长青，他写过大青沟的四季散文，我称他为“大青沟沟主”;小者为蒙古族女诗人白晶,加上少壮派乌力吉,一位武警驾驶员，英俊的蒙古族小伙子，还有《骏马》副主编、小说家杨文环。我们深入沟底没多远，便不肯再走，坐在一处林间空地上聊天，继而野餐。赵长青叔叔聊的是自己十四岁时遇到苏联红军(俗称“老毛子”)的惊险故事，我谈的则是不久前走访台湾金门的趣闻，一历史，一现实,加上滋味醇厚的“大青沟”牌白酒,落马的故事就这样开始了。

出得大青沟，只见三五成群的蒙古马，马旁有女骑手执缰，大声且热情地邀你骑乘。趁酒兴骑上一匹栗色马，马主人，一位东北口音的农村妇女递过马鞭，说我这马可听话了，大叔你慢慢骑——“大叔”叫得真亲切,透着乡情野趣。乌力吉早已扬鞭,他骑术精当，一看就是好把势；白晶也骑上一匹红马，她虽为蒙古人，却也是首次骑马，那马竟不肯走，俗称“欺生”；杨文环与赵长青叔叔，不肯上马，只在一旁欣赏。我骑了三圈，感觉尚好，只是身体与马的动作协调不起来，有颠簸之感。

栗色马突然停住，前面是白晶和她的马，我挥起马鞭，替白晶赶马；我的马竟猛然一蹿，继而骤停，我失去重心，一下子从马脖子上滚落。由于右脚插入马镫过深，急切间抽不出腿，于是只好用力抱住马脖子,死活不敢松手——刹那间我只看到马的温和的长脸，我从没有这样近距离地仰视过一匹马的脸！我相信此时我的眼睛里一定充满了绝望。只要栗色马向前跑一步，我肯定抱不住它的脖颈，马蹄定然会踏过我的胸膛，此时我仿佛已经感觉到了那马蹄子的坚硬与沉重……

然而，栗色马一动也不动，四只蹄子稳稳地钉在草地上。我的满口酒气喷了它一脸，它亲切而温和地忍耐着，我敢肯定这是一匹有灵气的马儿，它知道每逢有这粗鲁而古怪的气味飘来时，骑手大多会出现落马的结果，它见怪不怪，浑似一位草原上的哲人智者。而且我相信如果这匹马会说话，一定会向我建议道："您允许我学习笨骆驼的卧倒方式，让您安全着陆吗？"

三天前在长春电影制片厂看电影，张瑜主演的《太阳有耳》，最后一幕就是女主角骑在一匹骏马上，把自己那位土匪兼军阀的情人活活拖死，那男主角的一只右脚插在马镫子里，至死也没有解脱。

我的落马，却有惊无险。全怪那一瓶"大青沟"酒。

平生第一次落马，落在故乡的草原上。一次眩晕而独特的跌落，恐惧掺杂着惶惑，甚至几分羞愧的挣扎，更难忘的，是那匹温驯而知趣的栗色马。

我错就错在不该举起鞭子……

采油棕

世间有许多美丽的风景，靠的是美丽的植物支撑方才具有了美丽，像云南边疆著名的西双版纳，傣语是“十二块坝子”，它的代表性风貌便是油棕。

油棕有羽毛状的硕大的叶片，有粗壮敦实的树身，它们手挽手支撑起烟云迷蒙的南方天宇，给人一种“空翠湿人衣”的诗意氛围。走在西双版纳油棕树下，你觉得灵魂都变得有几分透明。

但我没有见过油棕的果实，所以我最初对油棕的认识，是停留在审美阶段，或者说，我不知道油棕这一名称的具体性质，这是西双版纳油棕迷人的风度造成的某种错觉，因为它们实在是太美丽了。就浑似一个绝色的美女，你无法想象她会怀孕和生产一样。

其实是一回事。

不久前与作家代表团的几位朋友走访泰国，承蒙泰国作协的真诚安排，让我们一行人到泰南德朗府一游，这是前五个中国作家代表团均未到过的所在，所以我们受宠若惊。

先乘火车，一夜行驶，继而转汽车，中午时分车子停在一处三岔路口，稍停，拐向一条乡间小路，没多远，先看见几间高大的厂房，翻译告诉我们，这是一家油棕加工厂，专门榨油的。

于是踏着隆隆的机声，随主人兼导游，我们将油棕果实的榨油程序看了个仔细。从原料粉碎、分离脱壳，直到压榨、去渣和出油，印象最深的是油棕果实的硕大，每一个起码四五十斤，在热腾腾的蒸气里被加温，这是迫使油棕出油的重要手段。

在加工厂吃罢午饭，主人邀请我们去油棕种植场参观。这一来，我瞧见了毕生见到的最多最大的油棕树，也目睹了采油棕的有趣的过程。

采油棕的工具分两种，一种类似鲁智深的方便铲，月牙儿状的霜刃，丈二长的铁杆，工人们持此向树上的油棕果蒂部一铲，果实便轰然落地，溅起一片灰尘。另一种类似徐宁的钩镰枪，再具体点说，极像东北草原使用的大刈镰，瞅准果实向下一钩，那大家伙便乖乖落下。铲与镰，同时还用于剔除多余的叶片。油棕除叶，有几分像农夫锄草，随着生长，叶片会自行枯黄衰老，惟有铲下，棕树才能壮硕生长。

我们每个人都尝试了一下当鲁智深或徐宁的滋味，铲与镰均很重，若无几分膂力还真干不动。

工人们面色黝黑，身穿果绿色短袖衫，神情怡然。泰国种植油棕刚十多年，一般三年后收果，四季均可收获。每株树的生命二十五岁，约生产三吨果，有百分之二十的出油量。从这一意义上说，每棵油棕树可供给人类一千两百斤香喷喷的食油，难怪这些树们尾羽高翘，像一群高傲的公鸡们一头扎入地下，等闲不肯出头。

我举了一下油棕果，吃力至极，坚持了几秒钟，为的拍一张英勇的照片。我觉得自己成为一名举重运动员，在南泰国的油棕林里，很有几分堂·吉诃德式的风度。

自此，再观赏美丽的油棕，分明嗅到炸春卷的香味。由审美进入到实用，大不敬也。

船　乐

人类诸多征服自然的工具，顶出色的大概要数船了。

在古代，“南人使船，北人骑马”，几乎成为一种社会风习。到得今日，南人与北人的分野不再以船马为标记，但毫无疑问，划船仍是人类一种孜孜以求的乐趣。

在中国的城市里，举凡一座中型以上的公园，必不可缺的是水，有了水，自然备有船。于是，泛舟湖面遂成为人们一件雅事，划船弄舟也失去了当年原始人借渔猎以维持生命的本来意义，只剩下了审美愉悦。

划船有技巧。手生的人，跳上船后会左摆右荡，非但划不动，而且明显感到船会欺生，顽劣地在水面转圈，等闲不肯照直前进。

划船需力气。柔弱的人，一握住粗糙的桨柄，会体味到一种蛮横。桨一入水，便仿佛胶着在黏黏的液体里，沉重而又刁滑，一不小心，桨会掠出水面，“泼剌剌”一声，溅你一身水花，十分狼狈。

有了技巧和力气，船才能俯首帖耳听你使唤。这时你左右操桨，腰背用力，把桨斜插入水面，在湖水里使劲一掠，像飞鱼的胸鳍一般潇洒地跃出，船就在这两叶桨的起伏之间，箭一样滑行了。你虽然背对船儿前进的方向，但后脑勺就像生出一对眼珠，可以准确地划向任何目标。过小桥，穿柳荫，在岸边停泊，向邻船致意，随心所欲不逾矩，仅凭手心对桨柄的感觉即可。

二十年前，我在陶然亭公园的湖水里，掌握了划船的技巧，当时还是一名顽劣的中学生，不明白学会划船对自己日后的命运有何意味，只知道过瘾、好玩、痛快。直到不久前到哈尔滨开会，夜里与两位朋友在松花江上划船遇险，方才悟出掌握划船技巧对于生命的意义。

我们一行三人，瞒着东道主，自行散步到松花江畔，正值盛夏，夜的松花江发出热情的召唤，我们把证件、押金交到船主手中，兴冲冲划向江心。

我的两位伙伴是评论家曾镇南与傅活，均为南人，却生而不会操舟。略一尝试，都放弃了划船的快乐，由我一人摆弄，向茫茫江岸划去。

江的对岸有些许星火，很神秘地闪烁成一些古怪的图案，在大且黑的夜幕上变幻不已。身下的大江，温驯善良地托起我们的小船，用偶或掀起的浪花湿润着闷热的空气。船渐渐离岸，风渐渐凉爽，江面也渐渐开阔。刚离岸时，还有几艘同驶的小舟，这时也风流云散，隐入到各自的浪花间。

我们划船，聊天，甚至大声唱起了自以为很抒情的歌曲。我停住双桨，陶醉在一种难得的快乐之中，大江，浪花，夜空的星辰，撩人情思的江风，给人一种雄浑的伟力的冲击，你能在刹那间感悟到许多人生和自然的神韵，一种可意会而不可言传的东西。

这种美妙状态没有持续多久，因为我突然发现前面浮动着一座航标，航标上有着极醒目的大字：主航道上禁止划船！这航标刚一闪现，便飞快向后退去，前面不远处是松花江铁路桥，直到这时我才意识到，我们已误入松花江主航道的急流中，由于当年陶然亭静水划船的错觉，使我忽略了江水的流速，竟然停住了双桨，随波逐流，酿成大错！

松花江在刹那间改变了温柔的面容，变得狞厉凶猛起来，主航道水深流急，不知何时有航轮驶过，我们必定会像一片树叶般卷入旋涡。如果不划出这一危险区城，后果不堪设想。我迅速地把住双桨，猛力向出发点划去，那地点有一颗极亮的灯，如今隐隐约约，显得十分遥远。江风更猛，奇怪的是又袭来大群的蚊子，没头没脑地围攻你身体裸露的部位。我的两位同伴不再唱歌，他们也仿佛意识到了某种危险，一声不吭，一副爱莫能助的神态。

足足划了一个钟头，逆水而上，方才抵达出发地。我把小船轻轻靠住依然热闹的码头，才发现两只手心分别磨出了血泡，胳膊与耳朵奇痒无比，全是蚊子们就餐后的大包，连耳朵上也叮出了三个，摸上去凸凸的，很有几分滑稽。

船主是一对中年夫妇，交还证件时悄悄问我：“你们划到什么地方去啦？”我指了一下远处的大桥。那汉子伸了一下舌头说：“你们好大胆子！”

我们胆子一点不大，回到住处，三人均瘫在床上，抓挠着松花江蚊子们留赠的念物，心头浮起一阵阵后怕。

这真是一次难得的划船。

如果真的沿松花江主航道一直漂下去，没准更为有趣吧！

事后，我们乐滋滋地这样遐想着……

登山乐

孔子登泰山而小天下，这一典范式的登山使人类的登山行为具有了哲学意蕴，发展到今天，有了“登山族”。

“登山族”指的是专门登山的运动员，他们内部互称“山友”，一个极和谐、融洽具共产主义原始状态的群体。换言之，大碗喝酒大块吃肉，危难时以性命互救、平日里以兄弟相称的一群站得最高的人。

我不属于“登山族”，但聆听过他们的发言，自然也被他们的英雄事迹感动过。我感动的不仅仅是登山队员们在死亡面前的大无畏精神，而是他们对山野的热爱与眷恋。

登山登山，讲究登高望远，盘山千条径，共仰一月高。面对高山，你由崇敬生出征服欲望，继而一步步踏上去。你气喘吁吁，左顾右盼，你汗流浃背，狼狈不堪，但你不悔，只把腿一下又一下机械性抬起，把身体一点又一点往高处搬移，高处自然有终极，那就是一座山的制高点，又称顶峰的地方。

云里雾里，你只管走去；风里雨里，你照常登攀。命中注定该登的山，你逃不脱，从云南哀牢山、苦聪山、基诺山直至景颇山登起，直到黄山、泰山、峨眉、青城，至于北京的景山、香山，只能算山中的小老弟，偶一登之。登山倒不重要，重要的却是郊外的景致，是登台阶后给予你的征服者的兴奋。

曾记得秋雨中登密云司马台长城，长城垒筑在群山之脊，一座连一座烽火台，仿佛搭向无尽的天际。那雨中登长城，或曰登长城式的登山，山变幻莫测，掩一袭纱巾，用酸枣的果实款待不请而至的登临者，又用潇潇秋雨一洗凡尘，每一步踏上去，都能感觉出山的陡峻、山的威严，而山的历史混合着五百年前卫国戍边的将士们久远的呼吸，带给你一团迷蒙、一种沉重。你登山兼丈量戚继光修筑的长城，你同时也在一步步用脚掌抚摩一个民族的坚硬的骨骼。山风呼啸，山魂凛冽，山的气息贮存入你的肺腑，你由此获得了新的精神之氧。

山的馈赠，无比丰厚。

更难忘烈日中走黄山的鲫鱼背，左顾是深渊，右盼为绝壁，大有一失足成千古恨的危险，壮壮胆踏过窄窄的山脊，发现大山其实很幽默，它用险与陡吓唬你，目的不过是使你加深印象。古人登山最狼狈者，当属大文豪韩愈，他登上华山之后突然被山吓住，痛哭失声而不敢下山，随从们无奈，只好将韩夫子用酒灌醉，然后用毯子一裹，扛下华山。华山我没登过，但它能让韩愈先生驻足不敢下山，可见是了不起的一座高山，有机会定当一会。

最狼狈的是登峨眉，一日之内登顶，登金顶，一日之内下峨眉，其时年轻力壮，气吞万里如虎。待到下得山来，一觉睡过，才发现双腿竟然不属于自己，它们抬不起来，也迈不开去，浑似伤兵的假肢，举足之间是麻木，弹腿之际是教训，山用一种特殊的方式告诉你：

别在我面前逞能！

登山是人类运动的方式之一，登山也是人们升华肉体与灵魂的行为之一。登山则情满于山，又是古人的一种生命状态。到得今日，登山成为奢侈的享受，豪华旅游的项目，不知是山的不幸还是人的可悲。不管怎么说，无牵无挂、无忧无虑、无思无碍地举足登山，毕竟是人生一大乐事兼快事，故曰：登山之乐，乐在步步登高、一步一累中。当登不登谓之愚，登而不至绝顶谓之懦，登绝顶而不吟啸不高歌谓之喑，凡愚且懦、喑者，不足为外人道也。是为登山乐。

震　撼

在这样的灾难面前你无法无动于衷。

一座繁华的城市在瞬间毁灭，就像一个顽皮的男孩子搭的积木城堡，搭好之后，他突然不高兴起来，于是怒气冲冲地一脚踢去，一拳打去，这积木城堡轰然坍塌，七零八落的小木块，显示着某种宿命般的无奈。

小男孩在 1976 年 7 月的一天幻化为地球，华北重镇唐山则成为他的玩具城堡。城堡毁灭于几秒钟之内，七千户人家因此而梦魇般地消失了。

唐山大地震就这样进入了我的视野。

唐山大地震时我从军云南，云南那时节也地震频仍，每日里人心惶惶，政治上的地震配合着大自然的灾情，组合成一种严重的沮丧情绪。我们夜里难以入眠，即使入眠，也在屋里支起一个简单的报警器：篮球上放一个杯子，杯子上又放肥皂盒、饭盒，一层层尽可能堆码好，为的是稍有晃动便能形成足以叫醒你的声响——此外还有专门的哨兵，荷枪实弹地感受着大地深处的动静，一有情况，便鸣枪报警。

那一阵常常一晚上冲出屋门好几次，神经几乎崩断。到得最后已麻木与迟钝，随地球的便吧，蚊帐里拥被高卧已成为显示男子汉气度的一种表现形式。人到这种地步，也不易。

唐山大地震不同于云南的小地震。

但是如果你没有亲眼看到地震现场，亲耳聆听震后余生者的讲述，无论如何也体味不到唐山大地震的可怕。

人类的个体生命在暴怒的地球面前，真的微小如蚊蚋，脆弱如芦苇。我看到雄伟的大楼顿时委顿，高大的烟囱脖颈扭断，大桥轰然断裂，如同一根草茎，铁轨扭成了麻花，自然力在一刹那转化成超自然力，你无法相信自己的眼睛。

几十万人死亡，几十万人受伤，没有几家人能够逃避家破人亡的结局。奇怪的是那一个时期唐山没有哭声！大悲无声，大哀无音，哭声是表达人类痛苦的一种古老的形式，但这种形式受特定的内容制约。在唐山大地震时期，一位朋友沉重地告诉我："真的没有哭声，因为死的亲人太多，泪已尽。谁若大放悲声，人们会斥责他：哭什么？还不快挖人！"

悲痛也是有容量的吗？

唐山大地震的情况证明了这一点。

初走唐山，唐山俨然是一座簇新的城市。十七年的建设，十七年的拓展，唐山大地震的痕迹已荡然无存。地球毁灭了唐山，地球如今又呈献了新的唐山。

如果不是仅存的地震遗址，不是那残壁断柱，不是那拦腰抛掷的三层图书馆楼房，还能给人以无名惊骇并让你忆及那可怕的瞬间而外，唐山轻松而潇洒地生活着。农贸市场上人群如潮，花鸟市场情趣盎然，狗市上涌动着宠物热，矿山深处则是一片大干快上的进军节奏。不同的生活层面，展示着唐山共同的风貌：百年老矿派生出的一座工业城市，像火中凤凰再生，这只涅槃的凤凰如今羽翼愈加鲜丽丰满，振翅一飞，华北平原顿时呈现出别一种韵味，唐山真了不起！

真不知唐山是怎样奇迹般复活的！我不知道，可是唐山的每一个市民、每一位矿工知道得一清二楚。在唐山矿的招待所小住两日，偷闲看了一部纪录片《跨越世纪的开滦》，知道了唐山的历史与现实。内中一集为《矿魂》，展示了“特别能战斗”的唐山人的性格特征。我注意到一位名叫侯占友的老矿工，他居然在退休后的几年间改造了一座秃山，使它成为绿荫环绕、凉亭耸立的胜地！

来到唐山，不用再看别的，仅侯占友改造秃山的行为方式，便足以告诉你唐山再生的秘密。

那一日，那一时，地球幻化成暴虐的小男孩，摧毁了百年老城唐山，这是一种地球板块撞击下引发的偶然。

后来，同样的一年又一年，一日复一日，侯占友和他的矿工伙伴们，蚂蚁搬石、精卫衔木般恢复了唐山，而且是青春焕发、别具风姿的又一座新城，这却成为一种必然。

地球的手与人类的手握在一起较量，究竟谁是赢家，唐山最清楚。

唐山，给予我的震撼如此强烈，真是始料所不及！